Y Ffordd Beryglus

Y FFORDD BERYGLUS

STORI GYNTAF
ANTURIAETHAU TWM SIÔN CATI

T. LLEW JONES

Argraffiad cyntaf—1963
Ail argraffiad—1965
Trydydd argraffiad—1977
Pedwerydd argraffiad— 1987
Argraffiad newydd—1993
Chweched argraffiad—2000

ISBN 1 85902 097 6

Argraffwyd yng Nghymru gan
Wasg Gomer, Llandysul, Ceredigion

I
EMYR
yng ngharchar

RHAGAIR

Ysgrifennais y rhagair hwn rhag ofn y byddai rhai o'm darllenwyr yn credu mai nofel yw hon yn ymwneud â bywyd y Twm Siôn Cati parchus hwnnw—a'r Ynad Heddwch—y ceir ei hanes yn *Y Bywgraffiadur Cymraeg*. Gan mai hanes sych ac anniddorol sydd i'r bonheddwr hwnnw, ofnwn y byddai rhai'n rhoi'r llyfr o'r neilltu heb ei ddarllen.

Felly hoffwn eich sicrhau mai Twm Siôn Cati arall yw hwn. Trigai Twm Siôn Cati'r *Bywgraffiadur* yn ardal Tregaron tua 1580, ond yr oedd ein Twm ni'n byw yno yn agos i ddwy ganrif yn ddiweddarach. 'Ond y ddau'r â'r un enw?' meddech chi. Nid yw'n anodd egluro'r peth. Pa sawl mam hoff yn ein hanes ni a enwodd ei mab ar ôl rhyw bregethwr, neu gadfridog neu wladweinydd mawr, gan obeithio y byddai'r crwt yn dilyn ôl traed ei harwr?

Gwyddom mai eu siomi a gaiff y mamau uchelgeisiol hyn yn aml, ac felly y bu hi yn hanes mam ein Twm ni. Rhodio'r 'Ffordd Beryglus' a wnaeth ef a throi ymysg porthmyn, paffwyr a lladron pen ffordd.

Nid yw'r nofel yma'n delio â dim mwy na hanes cynnar Twm Siôn Cati; mae ei anturiaethau ef yn rhy niferus i'w cynnwys mewn un nofel. Felly penderfynais y byddai'n rhaid wrth dair cyfrol cyn y gellid dweud fod ei hanes wedi ei roi ar gof a chadw i gyd. Felly dyma'r cyntaf o'r tair i'ch dwylo; fe ddaw'r ddwy arall yn eu tro, gobeithio.

PENNOD I

Un noson o hydref ym Mhlas y Dolau, Tregaron, eisteddai nifer o foneddigion sir Aberteifi yn bwyta swper. Yr oedd Syr Harri Prys, perchennog Plas y Dolau, yno wrth gwrs, a'i unig fab, Anthony Prys; a chyda hwy Syr Tomos Llwyd o Lanbedr Pont Steffan a'i fab a'i wraig, ac yn olaf Wiliam Morgan o Giliau Aeron a'i ferch Eluned.

Ar y bwrdd hir disgleiriai gwydrau a llestri costus yng ngolau'r canhwyllau. Yr oedd hi'n hwyr a'r cwmni'n llawen ac yn siaradus iawn.

Daethai'r cwmni ynghyd i Blas y Dolau ar gyfer yr hela trannoeth. Yr oedd hyn yn hen arferiad yn yr ardal ers blynyddoedd, a bore trannoeth byddai pawb yn Nhregaron yn gadael eu gwaith ac yn mynd ar ôl y cŵn a'r meirch dros y bryniau a thrwy'r dyffrynnoedd.

Nid yw'n syndod felly mai siarad am geffylau ac am gŵn oedd yn mynd ymlaen wrth y bwrdd y noson honno.

'Rwy'n edrych ymlaen at weld y gaseg newydd yna brynsoch chi yn Henffordd, Syr Tomos,' meddai Eluned Morgan, 'dwy' i ddim wedi cael cip arni eto. Ond rwy'i wedi clywed digon amdani gan 'nhad. Mae'n debyg y byddwch chi'n ein gadael ni i gyd ymhell ar ôl bore 'fory.'

Edrychodd Syr Tomos Llwyd ar y ferch ifanc o Giliau Aeron. Eisteddai Eluned ar ben y bwrdd ac yng ngolau'r canhwyllau edrychai'n eithriadol o hardd. Yr oedd hanner gwên fach gellweirus ar ei hwyneb bonheddig yn awr.

'Wel,' meddai Syr Tomos, 'rwy'n meddwl y byddwch chi'n cytuno, Miss Morgan, pan welwch chi hi, ei bod hi'n werth yr hanner can gini a rois i amdani. Biwti yw ei henw hi, a biwti yw hi hefyd, er na all ei phrydferthwch ddim cymharu â'ch prydferthwch chi, wrth gwrs, Miss Morgan.' Wrth ddweud hyn ymgrymodd Syr Tomos yn foesgar ar draws y bwrdd tuag at y ferch ifanc.

Chwarddodd hithau'n iach.

'Yn wir, Syr Tomos, yr ŷch chi'n rhy garedig.'

Edrychodd Syr Harri Prys o gwmpas yr wynebau wrth y bwrdd. Gwelodd fod tri ohonynt yn gwgu ar y chwarae a oedd yn mynd ymlaen rhwng Syr Tomos a'r ferch ifanc. Un o'r rheini oedd gwraig Syr Tomos a'r ddau arall oedd Anthony, ei fab ef ei hun, a Robert mab Syr Tomos. Teimlai Syr Harri fel chwerthin, ond ni wnaeth. Gwyddai fod y Fonesig Magdalen Prys yn gwgu ar Eluned am ei bod yn hardd, ac yn ifanc, tra oedd hi ei hunan yn hen ddynes bigog, ddistaw.

Gwyddai hefyd fod y ddau fachgen ifanc–Anthony yn un ar hugain a Robert yn dair ar hugain yn gwgu am mai'r hen Syr Tomos oedd yn cael sylw'r ferch ifanc, ac nid nhw. Dechreuodd Syr Harri feddwl am Eluned Morgan. Nid oedd hi na'i thad yn foneddigion yng ngwir ystyr y gair. Ffermwr cefnog oedd Wiliam Morgan, ac oni bai am ei ferch hardd mae'n debyg na fyddai cymaint o groeso iddo i dai pobl fel Syr Tomos Llwyd, Ffynnon Bedr, a'i debyg. Ond oherwydd ei phrydferthwch a'i hymddygiad bonheddig yr oedd croeso bob amser i Eluned ym mhlasau mwya'r sir, ac yn ei chysgod hi y croesewid ei thad. A gwyddai Syr Harri fod Wiliam yn awyddus i Eluned briodi un o feibion y plasau mawr—rhywun a fyddai ryw ddydd yn Syr o leia.

Edrychodd Syr Harri ar y ddau fachgen ifanc unwaith eto. Yr oedd y ddau eisoes wedi yfed gormod o'r gwin a oedd ar y bwrdd. Gwyddai nad oedd dim cyfeillgarwch rhwng y ddau. Un rheswm am hynny oedd Eluned. Yr oedd y ddau yn ei charu ac yn awyddus i'w phriodi. Ond yr oedd gan Anthony reswm arall dros deimlo'n ddig tuag at Robert Ffynnon Bedr. Yr oedd teulu Ffynnon Bedr gymaint yn fwy enwog a mwy cyfoethog na theulu'r Dolau, a theimlai Anthony, yn gywir neu'n anghywir, fod Robert yn cael mwy o fanteision nag ef. Teimlai mai Robert a fyddai'n cael Eluned yn y pen draw, am fod ei deulu yn fwy derbyniol gan Wiliam Morgan, Ciliau Aeron.

8

Ond yr oedd Syr Tomos—yntau'n dechrau teimlo effaith y gwin erbyn hyn—yn siarad eto. A chan mai ceffylau oedd ei ddiddordeb mwyaf a chan mai'r gaseg newydd oedd ei falchder pennaf—am y gaseg y siaradai.

'Rwy'n dweud wrthych chi, Miss Morgan, rwy'n berffaith siŵr mai Biwti yw'r creadur cyflyma ar bedair troed yn sir Aberteifi ar hyn o bryd, ac rwy'n fodlon mentro can gini arni mewn ras deg ag unrhyw geffyl neu gaseg yn y sir.'

Edrychodd Eluned Morgan i gyfeiriad Syr Harri.

'Does bosib nad oes rhywbeth yn stablau enwog y Dolau a allai dderbyn sialens Syr Tomos! Beth am Seren y Dwyrain?'

'A! Mae hi'n rhy hen rwy'n ofni, Miss Morgan,' atebodd Syr Harri yn atgofus a braidd yn hiraethus.

'Ond roeddwn i'n deall fod ganddi fab neu ferch,' meddai Eluned wedyn.

'Oes yn wir,' meddai Sgweier y Dolau, 'mae ganddi ferch, ond gwaetha'r modd mae honno'n rhy ifanc . . .'

'Nac ydyw, ddim yn rhy ifanc!' gwaeddodd Anthony Prys ar draws y bwrdd yn uchel, 'mae hi'n codi'n dair, ac mae'n hen bryd iddi . . .'

'Taw, Anthony!' meddai ei dad.

Caseg rasio enwog oedd y Seren yn ei dydd. Enillodd lawer tro, nid yn unig yng Nghymru ond yn erbyn ceffylau gorau Lloegr hefyd.

Yr oedd hi'n gaseg o waed wrth gwrs, fel pob ceffyl rasio da, ac yr oedd y brid wedi bod yn stablau'r Dolau ers blynddoedd mawr.

Buasai tad-cu Syr Harri'n gapten llong fasnach, ac ar un o'i fordeithiau yn y Dwyrain fe brynodd gaseg wen fawr a fuasai unwaith yn un o nifer yn stablau brenin Arabia. Llwyddodd i ddod â'r gaseg yn ôl yn ddiogel i Gymru ac i stablau'r Dolau.

Magodd y gaseg ebolion enwog iawn, ac un o linach y gaseg o Arabia oedd y Seren y soniai Eluned Morgan amdani. Er bod ei mam yn wyn fel eira, yr oedd hi ei hun cyn dduaed â'r nos ac eithrio un seren wen ar ei thalcen.

9

Ond fel y dywedai Syr Harri yr oedd y Seren wedi mynd yn hen ac ni ellid disgwyl iddi gystadlu â chaseg ifanc fel eiddo Syr Tomos.

Ond yr oedd ganddi eboles yn codi'n dair oed o'r enw Dart, yr un ffunud â hi ei hunan ym mhob dim, ac at honno y cyfeiriai Anthony.

'Ychydig dros dair yw Biwti, ontefe 'Nhad?' gofynnodd Robert.

'Ie. Fe ddylsai dy eboles di, Harri, fod yn ddigon hen. Ydy hi wedi 'i thorri i mewn?'

'Wel, mae gen i fachgen da sy' wedi dechre ar y gwaith. Bachgen o'r enw Twm—Twm Siôn Cati. Ond dydw i ddim yn credu mewn rhuthro ceffyl, yn enwedig y brid yma sy' gen i.'

'O!' meddai Syr Tomos gan godi ei aeliau, 'Dydy Anthony ddim yn medru torri ceffyl i mewn? Robert fydd yn gwneud y gwaith 'ma yn Ffynnon Bedr bob amser.'

Gwridodd Anthony hyd fôn ei wallt ac edrychodd yn ddig ar ei dad. Yr oedd yr hen Syr Tomos cyfrwys wedi taro ar rywbeth a achosodd lawer cynnen rhwng y tad a'r mab. Nid oedd Syr Harri'n fodlon ar ffordd arw ei etifedd o drin ceffylau, a gwrthodai'n bendant roi caniatâd iddo gyffwrdd â'r eboles ifanc—Dart.

'Pe bawn i'n cael fy ffordd, Syr Tomos,' meddai Anthony, 'fe gaech chi'ch râs yn ddigon siŵr—ac fe goll'sech eich can gini hefyd!'

Chwarddodd Syr Tomos dros y lle i gyd, ac edrychodd ei wraig yn ddig arno.

'Na, dwi ddim yn credu, 'machgen i. Wyt ti'n gweld, rwy'n ofni mai siarad o ddiffyg profiad yr wyt ti nawr. Os nad wyt ti wedi arfer â thrin ceffylau, does dim disgwyl iti wybod rhyw lawer amdanyn nhw, oes e?'

Siaradai'r hen Syr Tomos yn dawel—bron na ddywedwn i—yn gyfeillgar, ond gwyddai Syr Harri ei fod yn paratoi am ryw felltith. Gwyddai hefyd fod ei fab yn gacwn gwyllt, ac ofnai y byddai'n digio Syr Tomos trwy ddweud rhywbeth byrbwyll. Fe wnaeth hefyd.

'Pe bawn i'n cael Dart i mi fy hunan am bythefnos, Syr Tomos, fe fyddwn i'n barod i ddangos i chi faint a wn i am geffylau!'

'Fe gei di bythefnos!' gwaeddodd Syr Tomos. Dyma'r union beth y bu'n disgwyl amdano. 'Cei, fe gei di bythefnos. Wedyn fe gawn ni râs rhwng merch Seren y Dwyrain a Biwti, balchder stablau Ffynnon Bedr! Ac fe gei di—gyda chaniatâd dy dad wrth gwrs—farchogaeth y gaseg y mae gennyt ti gymaint o ffydd ynddi, ac fe gaiff Robert 'ma fod ar gefn Biwti. Ie, ar fy ngair! Harri, wyt ti ddim yn gweld? Dyma gyfle i'r ddau fachgen ddangos 'u metel, yn ogystal â'r ddwy gaseg! Ha! Ha!' Trawodd Syr Tomos y bwrdd â'i ddwrn nes bod y llestri'n tincial.

'Na, na!' meddai Syr Harri'n anfodlon.

Cododd aeliau Syr Tomos unwaith eto.

'Pam, beth sy', Harri? Oes ofn colli can gini arnat ti?'

A dweud y gwir yr oedd ar Syr Harri ofn hynny, gan nad oedd yn gyfoethog. Ond yr oedd arno fwy o ofn gadael i Anthony gael ei ffordd gyda'r gaseg ifanc.

'Na, nid y can gini sy'n 'y mlino i, Syr Tomos,' meddai'n dawel.

'Ha!' meddai Syr Tomos, 'Fe wn i! Rwyt ti'n ofni fod brid y gaseg o Arabia wedi dod i ben—y gwaed wedi teneuo, Harri? Iefe?' O'r diwedd yr oedd wedi llwyddo i frifo teimladau Syr Harri. Sythodd gŵr bonheddig y Dolau ei gefn.

'Na, Syr Tomos, mae gen i bob ffydd yn yr eboles ifanc, ac yn y gwaed sydd wedi bod yn stablau'r Dolau am gymaint o flynyddoedd. Fe gewch chi'ch râs, gan eich bod chi mor daer, ac fe gewch chi'ch can gini hefyd, os llwyddwch chi i ennill.'

'Ha!' meddai Syr Tomos. Gwenodd Syr Harri. Yr oedd yn ormod o ŵr bonheddig i ddangos ei anfodlonrwydd. Wedi'r cyfan yr oedd Syr Tomos a'i wraig a'i fab yn wahoddedigion yn ei blas ac felly'n hawlio pob cwrteisi.

'Rhagor o win, Syr Tomos?' meddai'n fwyn. 'Mr Morgan, yr ydych chi wedi bod yn dawel iawn heno. Gymrwch chi ragor o win? Rhaid i mi ddweud fod eich merch yn mynd yn harddach

11

bob tro y gwela' i hi. Fe ddylsech chi fod yn ddyn hapus iawn. Pe bai gen i ferch debyg iddi . . .'

'Rŷch chi'n rhy garedig, Syr Harri. Na, dim rhagor o win, diolch. Fe garwn i gael pen clir bore fory os yn bosib.'

'Os byddwch chi cystal, fe garwn i gael fy esgusodi . . .' meddai'r Fonesig Magdalen Llwyd, a sylweddolodd Syr Harri mai dyna'r geiriau cynta' o'i genau hi er pan eisteddasant i lawr i swper.

'Finnau hefyd, os gwelwch yn dda, foneddigion,' meddai Eluned, a chododd ar ei thraed. 'Gadewch i mi eich hebrwng i fyny'r grisiau.' A chydiodd ym mraich y Fonesig ac aeth y ddwy allan drwy'r drws.

'Nos da!' gwaeddodd y gwŷr bonheddig ar eu holau.

PENNOD II

Torrodd y wawr trannoeth yn niwlog ac yn gymylog. Bore llaith ydoedd, ac eto ni ellid dweud ei bod yn glawio. Er ei bod yn gynnar iawn yr oedd rhai wrth eu gwaith yn barod o gwmpas Plas y Dolau. Un o'r rheiny oedd Twm Siôn Cati. Cyn dydd y bore hwnnw daethai i'r plas o dyddyn Bryn Glas, lle'r oedd yn byw gyda'i fam weddw. Enw honno, fel yr ydych wedi tybio'n barod, oedd Cati. Bachgen ifanc, yn union yr un oed ag Etifedd y Dolau oedd Twm, a chan ei fod yn caru ceffylau ac yn gwybod cystal â neb yn y byd sut i'w trin, yr oedd ef a Syr Harri'n ffrindiau mawr, a chawsai groeso mawr ganddo bob amser pan ddeuai i'r Plas.

Âi rhai mor bell â dweud fod yn well gan y Sgweier Twm na'i fab 'i hunan, a phe baem wedi bod yn yr Efail y noson gynt yn lle yn y Plas byddem wedi clywed rhai o ffermwyr a gweithwyr cyffredin yr ardal yn trin y mater gyda Guto'r Gof.

'Ŷch chi'n gweld,' dywedai Guto, gan ddechrau ar ei hoff stori, 'rwy' i'n ddigon hen i gofio Cati Bryn Glas pan oedd hi'n ferch ifanc. Roedd hi'n un o'r merched bach tlysaf a fu yn sir Aberteifi erioed, ac mae hynny'n dweud rhywbeth! Roedd pob bachgen ifanc yn Nhregaron mewn cariad â hi yr amser hwnnw, a finne yn 'u plith nhw. Fe fyddwn i'n fodlon cerdded yn droednoeth o Dregaron i Aberteifi am un wên fach oddi wrth Cati Bryn Glas. Rwy'n dweud hynna er mwyn rhoi syniad i chi sut oedd pethe. Ond roedd 'na un bachgen ifanc na feddyliech chi yn rhoi tipyn o'i sylw i Cati . . .'

Yn y fan yma arhosai'r Gof bob amser nes byddai rhywun yn gofyn, 'Pwy oedd hwnnw?' Ar ôl derbyn y cwestiwn âi ymlaen wedyn.

'Y Sgweier! Wrth gwrs, nid fe oedd y Sgweier bryd hynny, ond 'i dad. Harri'r Plas oedd ef gan bawb bryd hynny. Fe'i gweles i e' â'm llygaid fy hunan yn hebrwng Cati adre o'r eglwys ryw nos Sul.

'Wrth gwrs, fe wyddoch sut rai yw pobol y lle 'ma am wybod busnes pobol eraill! (Ond dyna fe, nid pobol Tregaron fwy na phobol rhyw le arall!) Beth bynnag, cyn bo hir aeth y si ar led fod Harri'r Plas yn caru â Chati Bryn Glas. Wrth gwrs, fe wyddai pawb na fyddai'r hanes yn hir yn dod i glustiau'r hen Syr John. A gwir oedd y peth. Roedd y wraig 'co yn forwyn yn y Plas bryd hynny, a chanddi hi y ce's i'r hanes. Mae'n debyg 'i bod hi wedi mynd yn storom fawr iawn rhwng y tad a'r mab ryw noson, a Chati Bryn Glas oedd achos y cweryl. Mae'r wraig yn dweud hyd y dydd heddi fod Harri am briodi Cati, ac iddo ddweud hynny'n glir wrth ei dad.

'Wrth gwrs nid oedd yr hen Syr John yn mynd i ddiodde'r fath beth. Ni châi mab y Plas briodi neb ond merch o'r un safle ag e' 'i hunan. Wel bore trannoeth roedd Harri'r Plas ar ei ffordd i Lunden, a phan ddaeth e' nôl roedd e' wedi priodi'r Saesnes yna. Mae hi wedi marw nawr ers . . . faint sy' dwedwch? Pymtheng mlynedd? Oes, mae'n siŵr fod cymaint â hynny.'

Yn y fan yma arhosai'r Gof nes byddai rhywun wedi gofyn rhywbeth fel—'Beth ddigwyddodd wedyn?' Yna âi ymlaen wedyn.

'Wel, ar ôl i Harri'r Plas ddod yn ôl â'i wraig newydd, fu Cati Bryn Glas ddim yn hir cyn priodi. Yn rhyfedd iawn fe briododd â Twm Shir Gâr, bachgen nad oedd fawr o neb ffordd yma yn gwybod llawer amdano. Porthmon oedd Twm, ac fe fyddai'n dod i Dregaron i brynu gwartheg ac yna'n mynd â nhw'r holl ffordd i Lunden i'w gwerthu nhw. Un peryglus â'i ddyrne oedd e', roedd sôn amdano fel paffiwr.

'Ar ôl priodi Cati, fe geisiodd Twm gartrefu ym Mryn Glas a ffermio tipyn. Ond y ffordd fawr oedd cartre Twm, a chyn bo hir yr oedd e' ar 'i daith i Lunden eto gyda gyrr o wartheg.

'Ddaeth Twm ddim nôl o'r daith honno i Lunden, ac ymhen amser fe gafodd Cati newyddion iddo gael ei ladd gan ladron pen ffordd. Felly chafodd Twm Shir Gâr ddim cyfle i weld 'i fab, gan i hwnnw gael 'i eni ar ôl iddo gychwyn i Lunden.

14

'Fe welodd Cati amser caled bryd hynny. Ond fe fu Harri'r Plas yn help mawr iddi. Bron tua'r un amser bu farw'r hen Syr ac fe ddaeth y stad i'r 'Tifedd. Maen nhw'n dweud nad yw Cati ddim wedi talu'r un ddime o rent i'r Plas am Fryn Glas er y diwrnod hwnnw. Yn wir, rwy'n siŵr bron fod y Sgweier wedi dweud fod Bryn Glas yn eiddo i Twm a Cati tra byddan nhw byw. Wel, rhyw hanner blwyddyn ar ôl geni Twm Siôn Cati fe aned y 'Tifedd yn y Plas. Mae rhai ohonoch chi siŵr o fod yn cofio'r wledd fawr fu yn y Dolau i ddathlu'r digwyddiad. Roedd Syr Harri yn 'i afiaith ac mor hapus â'r gog. Druan o Syr Harri! Dyna'r unig dro i'r 'Tifedd 'i wneud e'n hapus.'

Stopiodd y Gof yn y man yma. Ond y tro hwn fe wyddai ei wrandawyr nad oedd yn disgwyl cwestiwn. Cymryd hoe fach yr oedd, cyn mynd ymlaen.

'Plentyn afiach fu'r 'Tifedd o'r dechre, fechgyn. Un gwanllyd, a phlentyn 'i fam bob tamaid bach. Doedd Syr Harri naws gwell o ddweud dim wrtho na gwneud dim drosto, at 'i fam y bydde fe'n rhedeg bob tro. Ymhen tipyn fe dyfodd yn ddigon mawr i gael ei anfon i Lunden i gael 'i addysg, a phan ddaeth e' nôl doedd gydag e' fawr o Gymraeg ar 'i dafod, ac roedd hi'n hawdd gweld 'u bod nhw wedi gwneud dandi go iawn ohono fe tua Llunden 'na. Yn ystod yr amser 'ma roedd Twm Siôn Cati'n tyfu hefyd. Ac yn wahanol iawn i'r 'Tifedd roedd e' wedi dod ymla'n fel fflam o'r dechre, a fuodd dim hen grwt bach mwy hoffus na mwy direidus na Twm yn yr ardaloedd 'ma erioed. Wel, fe fydde'r Sgweier yn arfer galw heibio i Fryn Glas yn weddol amal yn y blynyddoedd hynny. Ac fe gymerodd at Twm yn fawr iawn. Doedd hi'n ddim byd i chi weld y Sgweier yn marchogaeth ar draws y caeau ar gefn 'i geffyl a Twm ar y cyfrwy o'i flaen. Dyna pryd y dechreuodd Twm garu ceffylau, a dyna pryd y dysgodd e'r ffordd i'w trin nhw. A 'fory fe gewch chi weld mai Twm a'r Sgweier fydd ar flaen yr hela ac ynte'r 'Tifedd a'r bobol fawr eraill yn dilyn o hirbell.'

Yr oedd gan y Gof ragor i'w ddweud am deulu'r Plas a theulu Bryn Glas, ond rhaid i ni fynd yn ôl i Blas y Dolau.

15

Aeth Twm Siôn Cati yn syth i'r stablau. Yr oedd hi'n ddydd glân erbyn hyn, a chan ei fod yn awyddus i weld caseg newydd Syr Tomos Llwyd, aeth ar ei union at y rhan o'r stabl lle y gwyddai y cedwid ceffylau ymwelwyr bob amser. Fe'i gwelodd ar unwaith.

Nid oedd camgymeriad yn bosib. Safai'r gaseg yn uwch na'r un ceffyl arall yn y rhan honno o'r stabl. Caseg goch oedd hi a'i chroen mor llyfn ac mor loyw â'r gwydr. Edrychodd Twm ar ei phen uchel a'i choesau lluniaidd.

'Myn brain i, mae hi'n gaseg dda!' meddai wrtho'i hunan. Y funud nesaf daeth y Sgweier i mewn.

'A! Twm, fachgen! Sut wyt ti? Beth wyt ti'n feddwl ohoni?'

'Mae hi'n gaseg eithriadol, Syr. Mae ganddi ben da. Fe ddwedwn i fod digon o fynd ynddi.'

'Rwyt ti'n iawn, Twm,' meddai'r Sgweier, gan gerdded yn araf o gwmpas y gaseg. 'Fe fu Syr Tomos yn ffodus iawn i'w chael hi am hanner can gini, wyt ti ddim yn meddwl?'

'Mae'n werth cymaint arall yn hawdd, ddwedwn i, Syr. Mae'n hawdd gweld fod gwaed pur yn hon. Ymhle y cafodd Syr Tomos hi?'

'Yn Henffordd.'

'Wel, Syr, mae'n debyg fod rhywun yn Henffordd wedi 'i cholli hi pan 'madawodd e' â hon.'

'Rhyw greadur lwcus fu Syr Tomos erioed, Twm.'

'Ond wyddech chi, Syr, mae 'na un peth yn tynnu nôl yn 'y marn i.'

'Beth yw e', Twm?'

'Does dim digon o led ynddi 'mla'n. Mae'n gul, Syr, ddwedwn i. Rwy'n siŵr 'i bod hi'n gyflym am ddwy filltir neu dair, ond pe bydde'r Seren bum mlynedd yn iau, fe garwn i weld ras bedair neu bum milltir rhwng y ddwy. Fe fyddai fy arian i ar y Seren bob tro.'

'Wyt ti'n meddwl hynny wir, Twm?' Yr oedd y Sgweier yn gwenu'n gyfeillgar arno. 'Rwyt ti'n debyg o fod yn iawn, fachgen.'

'A pheth arall, Syr, dyw hon ddim mor lân yn 'i chymalau â'r Seren, dwedwch chi faint fynnoch chi.'

'Twm,' meddai'r Sgweier, ac nid oedd yn gwenu yn awr. 'Rwy'i wedi g'neud peth ffôl iawn neithiwr. Rwy' wedi derbyn her oddi wrth Syr Tomos i rasio Dart yn erbyn y gaseg 'ma yn Llanbedr ymhen pythefnos.'

Agorodd Twm ei lygaid led y pen.

'Ond Syr, dyw hi ddim yn barod!'

Y foment honno cerddodd Eluned Morgan i mewn i'r stabl a chwip yn ei llaw. Am funud safodd Twm Siôn Cati a hithau gan edrych ar ei gilydd. Nid oeddynt wedi cwrdd erioed o'r blaen. Yr hyn a welodd Twm oedd y ferch harddaf a welsai erioed, a theimlai y byddai'n hapus iawn pe na byddai eisiau gwneud dim ond edrych arni am weddill y dydd.

Yr hyn a welodd hi oedd bachgen ifanc tal â'i wallt a'i lygaid yn ddu fel y frân, a'i wyneb yn llwyd ond yn ddigon golygus serch hynny. Ond sylwodd mai dillad digon cyffredin oedd amdano. Am hynny ni allai ei leoli. Ai un o weision Syr Harri oedd hwn?

'A, Miss Morgan!' meddai Syr Harri ar ei thraws, 'rŷch chi ar lawr yn fore.'

'Hynny am i mi fynd i'm gwely o flaen y rhan fwyaf ohonoch chi neithiwr mae'n debyg, Syr Harri.'

Gwenodd y ferch ifanc wrth ddweud hyn, ac yn sydyn teimlodd Twm Siôn Cati fel pe bai'r haul yn disgleirio drwy'r ffenestr a'r adar yn canu.

Sylwodd y Sgweier fod Twm ac Eluned yn edrych ar ei gilydd.

'A! Dŷch chi'ch dau ddim yn adnabod eich gilydd. Dyma Twm Siôn Cati, Miss Morgan.'

'O!' meddai Eluned gan godi ei haeliau, 'rwy' wedi clywed yr enw o'r blaen yn rhywle. Na, gadewch i mi feddwl! Nid hwn yw'r awdurdod ar drin ceffylau, Syr Harri?'

Gwridodd Twm, ac wrth weld hynny daeth gwên arall i wyneb y ferch. Ni wnaeth hynny ddim ond gwneud i Twm, druan, wrido'n waeth.

17

Ond erbyn hyn yr oedd dau neu dri o'r lleill yn y stabl. Daeth Anthony ymlaen at ei dad a'i dynnu o'r neilltu. 'Rwy' am gael Dart heddi, 'Nhad,' meddai, 'gorau i gyd po gyntaf y daw hi a mi i adnabod ein gilydd. Os ydym am ennill y ras—ac rwy'n ddigon siŵr y gwnawn ni—fe fydd rhaid i ni roi cymaint o ymarfer ag sy'n bosib iddi.'

Edrychodd Syr Harri ar ei fab. Nid fel hyn y byddai'n arfer siarad ag ef. Yr oedd tipyn o wirionedd yn yr hyn a ddywedai, ac wedi'r cyfan efallai ei fod ef wedi cadw gormod o ffrwyn ar y bachgen, ac efallai ei fod wedi arfer ei ddrwgdybio o bethau nad oedd yn euog ohonynt.

'O'r gore,' meddai Syr Harri o'r diwedd, 'fe gaiff Twm roi cyfrwy ar Dart i ti heddi. Ond cofia, bydd yn ofalus. Hi yw'r peth mwyaf gwerthfawr ar stad y Dolau ar hyn o bryd, ac os digwydd rhywbeth iddi dyna ddiwedd am y brid cyn belled ag yr ydym ni yn y cwestiwn.'

Ond nid oedd Anthony yn gwrando erbyn hyn. Yr oedd wedi troi i siarad ag Eluned Morgan.

'Twm Siôn Cati!' gwaeddodd Eluned, ac yr oedd rhywbeth yn y ffordd y dywedai ei enw yn gwneud i Twm deimlo'n rhyfedd o hapus.

'A fyddwch chi cystal â rhoi'r cyfrwy ar y merlyn bach melyn 'na, os gwelwch yn dda?'

'Wrth gwrs, Miss Morgan,' meddai Twm a rhedodd at y mur lle'r oedd y cyfrwyau. Ond yr oedd Anthony yno o'i flaen, ac yr oedd ganddo ef fantais—fe wyddai'n union ym mha le'r oedd cyfrwy Miss Morgan.

'Fe wna i'r gwaith 'ma,' meddai wrth Twm yn fawreddog, 'dos di i roi cyfrwy ar Dart.'

'Cyfrwy ar Dart? I beth?' gofynnodd Twm.

'Er mwyn i mi gael 'i marchogaeth hi i hela'r bore 'ma,' atebodd Anthony yn swta.

Cydiodd Twm yn y cyfrwy ac aeth yn syth at y Sgweier a oedd yn siarad â Syr Tomos.

'Ydy Mr. Anthony yn cael Dart i hela'r bore 'ma, Syr?'

'Ydy, Twm, rwy' wedi addo.' Edrychai'r Sgweier yn anesmwyth.

Aeth Twm i ben pellaf y stablau eang a'r cyfrwy ar ei fraich. Teimlai'n ddryslyd ac yn bryderus.

Gweryrodd Dart yn isel pan ddaeth Twm ati. Hon oedd balchder stablau'r Dolau ac wedi edrych arni nid oedd hi'n anodd deall pam. Yr oedd caseg Syr Tomos yn greadur eithriadol o hardd, yn dal ac yn lluniaidd, yn dalach os rhywbeth na Dart. Ond yr oedd rhywbeth yn edrychiad ac yn safiad y gaseg ddu â'r seren wen ar ei thalcen na cheid mohono yng nghaseg Syr Tomos o gwbwl. Wrth edrych arni yn awr fe geisiai Twm feddwl beth oedd. Ac yn sydyn fe wyddai—rhedai hen waed brenhinol meirch gwynion Arabia trwy wythiennau hon. Yr oedd caseg Syr Tomos yn falch ac yn ffroenuchel ond yr oedd urddas bonheddig yn perthyn i hon.

Rhoddodd Twm ei law'n dyner ar ei thrwyn melfed. Gwelsai ei magu o'r dydd cyntaf y ganed hi. Ers tair blynedd bu ef a'r Sgweier yn cynllunio dyfodol hon. Cytunodd y ddau o'r dechrau nad oedd ei rhuthro i fod. Gadael iddi ddatblygu yn ei hamser ei hunan, dyna oedd y cynllun. Yna, rywbryd yn y gwanwyn, mynd â hi i Loegr i ddangos y ffordd adre i rai o geffylau gorau'r Saeson. Lawer gwaith y dywedodd y Sgweier mai hon fyddai'n gosod stad y Dolau ar ei thraed unwaith eto. Nid oedd pawb yn gwybod fod Mr. Anthony, pan oedd i ffwrdd yn Llundain, wedi gwario mwy o arian nag a feddai o lawer ar chwarae cardiau, a bod ei dad wedi gorfod benthyca arian er mwyn talu'r dyledion.

Bu'r Sgweier bron â thorri 'i galon pan glywodd am ffolineb ei fab, ond yr oedd y gaseg ganddo o hyd, yn drysor a allai achub y stad. Doedd dim syndod felly, ei fod yn anfodlon rhoi ei gofal i Anthony.

Teimlai Twm yn anfodlon iawn hefyd. Gwyddai nad oedd y 'Tifedd wedi dysgu ond un ffordd o feistroli ceffyl—trwy ei gam-drin.

Cyn bo hir yr oedd pawb yn y cyfrwy a'r cŵn yn gwau drwy ei gilydd ar glos y Dolau. Cyn cychwyn cafodd Twm, a oedd ar gefn Robin, un o geffylau'r Dolau, un cipolwg ar Anthony a Dart. Yr oedd y 'Tifedd yng nghwmni Eluned Morgan a Robert Ffynnon Bedr.

Closiodd yntau at y Sgweier a oedd ar gefn yr hen Seren. Clywodd ef yn dweud wrth Syr Tomos:

'Fe dorrai'r hen gaseg 'i chalon pe bai hi'n gorfod colli'r hela. Wyddoch chi, Syr Tomos, rwy'n siŵr 'i bod hi'n gwybod popeth sy'n mynd ymla'n; mae'n hen greadur mor ddoeth . . . ond dyna fe . . . mae'n debyg ein bod ni i gyd yn mynd yn fwy doeth wrth fynd yn hen.'

Nid oedd hwyl siarad ar Syr Tomos. Yr oedd cur yn ei ben ar ôl y gwin a'r swper drom y noson cynt. Felly trodd y Sgweier i sgwrsio â Twm.

'Mae'n clirio, Twm. Fe fydd hi'n braf yn y man, gei di weld. Rwy' i wedi penderfynu hela Cwm Banal i ddechrau. Mae Ifan y Tyrchwr wedi gweld dau garw yno'n ddiweddar, os gallwn ni 'i goelio fe. Dwyt ti ddim yn edrych mor llawen ag arfer, Twm. Paid gofidio, fe fydd popeth yn iawn, gei di weld. Tyrd, mae'n bryd i ni fynd.'

Gyda chlindarddach pedolau a chyfarth cŵn cychwynnodd y fintai o glos y Plas. Pan ddaeth y marchogion allan i'r ffordd, hawdd oedd gweld fod y rhan fwyaf o drigolion Tregaron yn bwriadu dilyn yr helfa'r diwrnod hwnnw, oherwydd safai degau o wŷr, gwragedd a phlant wrth ymyl y ffordd yn eu gwylio'n mynd heibio, ac ar ôl iddynt fynd gellid clywed sŵn traed a sŵn lleisiau yn dilyn o'r tu ôl.

Yr oedd yn naw o'r gloch pan gyraeddasant Gwm Banal.

Gollyngwyd y cŵn rhwng y coed mân a'r drysi, a chyn pen fawr o dro clywyd un ohonynt yn galw.

Am y tro cynta'r diwrnod hwnnw daeth gwên foddhaus i wefusau Syr Tomos.

'Mae e' yma, Harri!'

Yr eiliad nesaf cyfarthodd nifer o'r cŵn gyda'i gilydd.

Anthony a Robert Ffynnon Bedr oedd y cyntaf i gael cip ar y carw. Gwelsant ei gyrn fforchog yn codi o'r drysi. Yna daeth ei gorff llwyd i'r golwg, pan dorrodd o ganol y rhedyn a throi i wynebu llethr y cwm yr ochr draw.

Rhoddodd Syr Tomos ffrwyn i'r gaseg newydd a chyn pen winc yr oedd honno'n llamu drwy'r rhedyn. Aeth y lleill ar ei ôl. Dringai'r carw yn gyflym dros y llethr gan adael y cŵn ymhell ar ôl. Gan iddo ddewis y llethr yn hytrach na gwaelod y cwm yr oedd yn awr ar y tir agored ac yng ngolwg pawb.

Câi'r bobl a'r plant a oedd wedi dilyn y ceffylau a'r cŵn o hirbell, olygfa dda o ben y bryn o'r tu ôl. Gwelsant y carw'n diflannu dros y grib ag un neu ddau gi ar ei ôl. Yna gwelsant Syr Tomos ar Biwti yn carlamu tua'r grib. Golygfa werth ei gweld oedd honno, a safodd Twm Siôn Cati am funud i wylio'r ddau, yna aeth ar ôl y lleill.

Rhedodd y carw ar draws y caeau ar y gwastad a'r cŵn a'r ceffylau ar ei ôl drwy'r gwrychoedd a thros y cloddiau.

Yr oedd Twm ychydig y tu ôl i'r lleill ac yn union o'i flaen gallai weld ceffyl melyn Eluned Morgan. Ynghanol brwd-frydedd yr helfa yr oedd y ddau ŵr bonheddig ifanc wedi ei gadael ar ôl.

Daeth Twm i fyny â hi a gwenodd hithau arno. Yr oedd ei bochau'n wridog a'i gwallt yn chwifio yn y gwynt. Ni ddywedodd yr un o'r ddau yr un gair, dim ond llamu ymlaen ar ôl y carw.

Gwyddai Twm fod y carw yn cyfeirio am Gwm Cerrig, hen le anial a garw iawn, a dechreuodd feddwl eto am Dart. Gwyddai na ddylai creadur mor werthfawr ac mor ddibrofiad fentro i'r fath le.

Yn sydyn daethant at glawdd cerrig uchel. Hwn oedd y clawdd ffin rhwng fferm yr Hendre a Choed Duon a llamodd calon Twm i dwll ei wddf wrth weld Anthony ar lawr ym môn y clawdd a'r gaseg yn ei ymyl yn edrych o gwmpas yn wyllt.

Ffrwynodd Twm ei geffyl ar unwaith a gwnaeth Eluned yr un peth. Disgynnodd y ddau oddi ar gefnau eu ceffylau a mynd ar unwaith at y 'Tifedd. Cododd Twm ef ar ei draed.

'Ydych chi wedi cael niwed, Syr?' gofynnodd.

Ond nid oedd Anthony wedi ei frifo, dim ond wedi ei ysgwyd yn ddrwg. Ond yr oedd mewn tymer ddrwg ofnadwy.

'Y gaseg gythraul 'na!' meddai rhwng ei ddannedd. 'Fe wrthododd neidio'r clawdd. Yn lle hynny fe stopiodd yn sydyn a'm taflu. Ble mae hi nawr?'

Rhoddodd ysgytwad sydyn nes ei ryddhau ei hun o afael Twm. Yna rhuthrodd at y gaseg, cydiodd yn ei ffrwyn a dechrau ei tharo'n ddidrugaredd â'i chwip. Safodd y gaseg yn ei hunfan yn crynu fel deilen. Ond nid oedd tymer ddrwg y 'Tifedd ar ben eto.

Cododd ei droed a rhoi cic iddi yn ei hystlys. Cododd hithau i fyny'n syth ar ei thraed ôl.

'O!' meddai Eluned Morgan mewn dychryn.

Ond erbyn hyn yr oedd Twm wedi cydio ynddo.

'Syr,' meddai, 'rhaid i chi beidio. Fe ellwch ddinistrio'r gaseg am byth.'

''I dinistrio hi! Ti sy'n dinistrio'r gaseg! Rwyt ti wedi rhoi gormod o raff iddi, dyna beth sy'n bod. O hyn ymla'n fe gaiff hi wybod pwy yw'r meistr. Y cythraul a ti!'

Fe'i trawodd unwaith eto â'i chwip ac yr oedd ar fin ei tharo wedyn, ond cydiodd Twm yn dynn am ei freichiau.

'Gad fi'n rhydd! Gad fi'n rhydd!' Yr oedd y 'Tifedd bron yn wallgo' gan dymer ddrwg.

'Ar un amod,' meddai Twm, 'eich bod chi'n rhoi llonydd i'r gaseg.'

'Wyt ti'n rhoi gorchmynion i mi?' Yn sydyn gwingodd Anthony a daeth yn rhydd unwaith eto o afael Twm. Cyn gynted ag y cafodd ei freichiau'n rhydd cododd ei chwip a tharo Twm ar draws ei foch nes bod gwrym coch yn codi ar unwaith.

Rhoddodd Eluned Morgan ei llaw wrth ei genau i atal sgrech. Porai Robin y borfa fer wrth ymyl y clawdd ond safai'r gaseg ddu o'r neilltu â'i phen yn yr awyr.

Am funud safodd y ddau ŵr ifanc yn wynebu ei gilydd, heb ddweud yr un gair. Yna cododd y 'Tifedd ei chwip unwaith eto.

'Cadw di dy le o hyn ymla'n, 'machgen i. Gwas bach 'Nhad wyt ti a dim byd mwy na hynny, wyt ti'n deall?'

Ni ddywedodd Twm yr un gair ac ni chiliodd yn ôl rhag y chwip chwaith. Daeth Anthony gam yn nes.

'Anthony!' meddai Eluned Morgan, wrth weld ei fod yn mynd i daro Twm unwaith eto.

Daeth y chwip i lawr ond nid ar wyneb Twm y tro hwn. Edrychodd y 'Tifedd ar Eluned a hawdd gweld fod arno gywilydd ei bod hi wedi bod yn llygad-dyst o'r hyn a oedd wedi digwydd rhyngddo ef a Twm.

Trodd ei gefn yn sydyn ar Twm ac aeth at y gaseg ddu.

Yna clywsant lais o'r tu draw i'r clawdd.

'Anthony! Be' sy'? Be' sy'?'

Edrychodd y tri gyda'i gilydd a gwelsant y Sgweier yn edrych arnynt.

'Be' sy' wedi digwydd, Anthony? Pan sylwais i nad oeddech chi ddim yn dilyn y cŵn, roeddwn i'n ofni fod rhywbeth wedi digwydd i un ohonoch chi. Oes rhywbeth wedi digwydd?'

Chwarddodd Anthony'n chwerw.

'Pe baech chi'n dweud y gwir, 'Nhad, ofni'r oeddech chi fod rhywbeth wedi digwydd i Dart, ontefe? Wel does dim wedi digwydd iddi, ond 'i bod hi wedi gwrthod mynd dros y clawdd 'ma. Mae hynny'n profi'n ddigon clir, rwy'n meddwl, fod eisiau dysgu gwers neu ddwy iddi hi.'

Edrychodd y Sgweier o un i'r llall. Yna gwelodd y gwrym coch ar wyneb Twm. Edrychodd yn hir ond ni ddywedodd yr un gair.

'Dewch, gadewch i ni ddilyn y cŵn. Twm, gwell i ti agor y glwyd lawr fanco i Miss Morgan—na gwell i ti, Anthony, fynd, a'r gaseg gyda ti. Os gwrthododd hi'r clawdd unwaith, charwn i ddim 'i gorfodi hi—am heddiw beth bynnag. Felly, gwell i chi fynd drwy'r glwyd. Brysiwch, neu fe fydd Syr Tomos wedi dal y carw heb ein help ni!'

Os oedd y Sgweier wedi disgwyl gwên wrth ddweud hyn, fe'i siomwyd. Nid oedd arwydd gwên ar wynebau'r un o'r tri, ac fe sylwodd ar hynny hefyd.

PENNOD III

Yn ystod yr wythnos ganlynol nid aeth Twm Siôn Cati'n agos i'r Plas. Er bod ôl y chwip ar ei foch wedi diflannu bron yn llwyr, pwysai'r hyn a ddigwyddodd wrth y clawdd ffin ar ei feddwl yn drwm. Dywedai wrtho'i hunan nad oedd ganddo hawl i ymyrryd ym musnes y Sgweier a'r 'Tifedd o gwbl. Os oedd y Sgweier yn dewis rhoi gofal y gaseg ddu i'w fab, ei fusnes ef ei hun oedd hynny. A chan mai'r 'Tifedd oedd i farchogaeth y gaseg yn y ras, roedd hi'n eitha' naturiol iddo gael y dasg o'i hymarfer at y gwaith.

Fel yna y ceisiai Twm resymu ag ef ei hun, ond yn 'i galon gwyddai na allai fod yn esmwyth ynghylch yr hyn a oedd yn mynd ymlaen yn y Plas.

Wythnos union ar ôl yr hela, pan oedd Twm yn brysur yn tacluso tipyn o gwmpas 'i gartref, clywodd sŵn carnau ceffyl yn dod i fyny'r lôn, a chyn bo hir daeth pen y Sgweier i'r golwg heibio i'r tro. Yr oedd ef ar gefn y Seren fel arfer. Ni fyddai'r Sgweier byth yn mynd o gwmpas ar gefn yr un o geffylau eraill y Plas. Yr oedd ef a'r Seren yn deall ei gilydd i'r dim. Gwenodd Twm wrth eu gwylio'n nesáu—yr hen Sgweier a'r hen gaseg—y ddau o waed uchel, a'r ddau yn mynd yn hen gyda'i gilydd. Yr oedd rhywbeth yn drist yn y peth, a rhywbeth yn annwyl hefyd. Ond os oedd y gaseg yn hen, daliai ei phen mor uchel ag erioed, a bron na ddywedai Twm fod ei cham mor sionc â'r tro cyntaf y gwelodd hi erioed.

Ond os oedd y gaseg yn edrych mor fywiog ag erioed, nid felly'r Sgweier.

'Bore da, Syr,' meddai Twm, pan ddaeth y gaseg a'i marchog hyd ato.

'Twm,' meddai'r Sgweier heb ddim rhagymadrodd, 'rhaid i ti ddod i'r Plas gyda fi ar unwaith!'

'Ond, Syr . . .'

'Does dim dadlau i fod, Twm.'

'Ond, syr, be' sy'?'

'Be' sy'?' Chwythodd y Sgweier yn ffyrnig trwy ei fwstas. 'Ddweda' i wrthyt ti be' sy'! Mae Dart wedi cario'r dydd ar Anthony. All e' 'neud dim â hi o gwbwl. Mae wedi 'i daflu e' ddwy waith yn barod. Ond does gen i ddim cymaint o wahaniaeth am hynny. Yr hyn sy'n ofid i fi yw 'i fod e'n sarnu'r gaseg. A finne wedi 'i magu hi mor ofalus; rwyt ti'n gwbod, Twm, on'd wyt ti?'

'Ydw,' meddai Twm, 'e . . . e . . . efalle 'i fod e'n 'i cham-drin hi . . . ddim yn deall 'i ffordd hi.'

'Falle 'i fod e', Twm. Ond rwy'n cadw llygad arno fe bob tro y bydd e'n mynd ar 'i chefen hi, dwy'i ddim wedi sylwi ar ddim. Ond am ryw reswm neu'i gilydd—weles i erioed sut beth— mae'r gaseg fel creadur gwyllt cyn gynted ag y daw e'n agos ati. A chyn gynted ag yr aiff e' ar 'i chefen hi—wel! A'r gwaetha' yw fod y ras ymhen wythnos. Pe bawn i dipyn yn iau fe hyfforddwn i'r gaseg fy hunan, ond mae'r hen gymalau 'ma . . .'

'Beth am Ifan yr Osler?' gofynnodd Twm.

'Ba!' meddai'r Sgweier, gan yrru chwythiad arall trwy ei fwstas. 'Mae Ifan yn iawn gydag ebolion cyffredin, Twm, ond gyda Dart! O na, rhaid i ti ddod, Twm.'

'Ond a fydd Mr. Anthony'n fodlon i fi fusnesa?'

'Nid Anthony sy'n gofyn i ti nawr, Twm—ond fi. Ac rwy'n meddwl mai fi yw'r meistr yn y Dolau o hyd. Mae gen i ganpunt i'w chwilio yn rhywle os collwn ni'r ras 'na, a does gen i ddim canpunt i'w colli ar hyn o bryd, fel y gwyddost ti. Nawr rwy'n mynd i'r tŷ i roi tro am dy fam, a gobeithio y byddi di'n barod i ddod gyda fi pan ddo' i allan.'

Heb ddweud rhagor, troes ben y gaseg am y tŷ.

*   *   *

Pan ddaeth Twm a'r Sgweier gyferbyn â stablau'r Plas, rhedodd Ifan yr Osler allan yn wyllt i'w cyfarfod.

'Syr!' gwaeddodd, 'Mae Mr. Anthony wedi cael damwain . . .'

'Wedi cael damwain? Beth ddigwyddodd?' gofynnodd y Sgweier.

'Y gaseg ddu . . .'

'Y gaseg! Dart? Ond doedd gydag e' ddim busnes i fynd ar gefn y gaseg a finne ddim yma! Ydy e' wedi ca'l niwed?'

'Rwy'n ofni 'i fod e' wedi torri pont 'i ysgwydd, Syr.'

'Gwarchod y byd! Ble mae e'?'

'Mae e' yn y tŷ.'

'A ble mae'r gaseg?'

'Wn i ddim, Syr.'

'Beth! Wyddost ti ddim ble mae'r gaseg? Beth wyt ti'n feddwl, y ffŵl gwirion?'

Ysgydwodd Ifan ei ben yn ddryslyd.

'Fe ddaeth y 'Tifedd 'nôl ar 'i draed, Syr—heb y gaseg. Mae'n debyg 'i bod hi wedi rhedeg, a doedd Mr. Anthony ddim yn gallu mynd ar 'i hôl hi ac ynte wedi brifo'i ysgwydd.'

'Yr arswyd fawr! Twm, rhaid i ti fynd ar unwaith i edrych amdani. Fe af finne i weld faint o niwed mae Anthony wedi 'i gael.'

Trodd y Sgweier ar ei sawdl a mynd am y Plas.

'I ba gyfeiriad yr aethon nhw?' gofynnodd Twm i'r Osler.

'I gyfeiriad Cwm Banal,' oedd yr ateb.

Dechreuodd Twm redeg.

Croesodd y caeau o un i un, gan aros ar ben clawdd yn awr ac yn y man i edrych o'i gwmpas. Ond nid oedd sôn am y gaseg ddu.

Ond pan gyrhaeddodd y clawdd ffin uchel lle y taflodd y gaseg y 'Tifedd ddiwrnod yr hela, fe'i gwelodd hi. Safai yng ngwaelod y cae ac aeth Twm ati ar unwaith. Deallodd yn sydyn beth oedd wedi digwydd. Yr oedd Anthony wedi mynd â hi 'nôl i'r fan lle y gwrthododd hi o'r blaen, er mwyn ei gorfodi i blygu iddo ef. Credai mae'n debyg—os gallai wneud iddi neidio'r clawdd ffin y tro hwn—y byddai wedi dangos iddi mai ef oedd y meistr. Ond roedd y gaseg wedi gwrthọd yr eildro ac Anthony wedi cwympo a thorri pont ei ysgwydd.

Wrth ddod yn nes at y gaseg gwelodd Twm fod ei ffrwyn wedi cydio mewn drysïen. Gwelodd hefyd ei bod hi'n chwysu'n ddrwg iawn, a gwyddai nad oedd hynny'n beth da o gwbwl. Trodd y gaseg ei phen a gwelodd Twm ei llygaid yn fflachio'n ddig arno.

'Dart! Be' sy'? Beth sy'n bod arnat ti?'

Ceisiodd siarad yn isel wrth ddod yn nes ati, ond ni roddodd y gaseg unrhyw arwydd ei bod yn ei adnabod. Rhoddodd blwc i'r ffrwyn i geisio ei rhyddhau o'r drysi, ond ni lwyddodd.

Gosododd Twm ei law yn ysgafn ar ei gwddf a theimlodd ei chorff yn crynu.

'Dart! Be' maen nhw wedi 'neud i ti?'

Tynnodd y cadach oedd ganddo am ei wddf a dechrau sychu'r chwys a oedd wedi oeri ar ei hystlysau, gan ddal i siarad yn isel â'r gaseg yr un pryd.

Wedyn cydiodd yn araf yn y ffrwyn a'i thynnu'n rhydd o'r drysi. Yna, gydag un symudiad cyflym, rhoddodd ei droed yn y warthol a disgyn yn esmwyth fel pluen ar gefn y gaseg.

Cododd hithau ei phen hardd i fyny'n syth a sefyll yn ei hunfan.

'Dere nawr i ni gael mynd adre,' meddai Twm, a rhoddodd blwc ysgafn i'r ffrwyn. Ar amrantiad dyma hi'n codi ar ei thraed ôl a dechrau rhedeg yn wyllt ar draws y cae.

Bu bron iddi daflu Twm i'r drysi dros ei ben.

Yn awr rhedai'r gaseg yn gyflym ond yn dolciog a theimlodd Twm y gwynt yn ei wyneb. Ar ganol y cae ceisiodd y gaseg ei daflu trwy fwrw ei charnau ôl i'r awyr yn sydyn, ond yr oedd sedd y marchog yma'n ddiogel.

Cydiodd Twm yn dynnach yn y ffrwyn, ond daliai i siarad â hi. Yn sydyn daethant at y clawdd ac aeth y gaseg drosto fel aderyn. Yn awr yr oedd hi'n rhedeg yn fwy llyfn. Gadawodd Twm iddi fynd. Gwyddai y byddai'n lles iddi redeg ar ôl yr hyn oedd wedi digwydd.

Ceisiodd ei thynnu'n ôl i gyfeiriad y Plas, ond mynnai hithau ei ffordd ei hunan.

Cododd clawdd arall o'u blaenau a gwasgodd Twm ei bengliniau'n dynn am y cyfrwy. Yr oedd drysi ar y clawdd yma ond ni chyffyrddodd y gaseg â chymaint â brigyn.

Rhedai'n esmwyth yn awr a theimlodd Twm ei galon yn chwyddo gan falchder wrth sylwi ar y fath gyflymder.

Ymhen tipyn tynhaodd ei afael ar y ffrwyn a theimlodd hi'n ufuddhau. Arafodd y gaseg ddu yn raddol, a chyn bo hir gadawodd i Twm droi ei phen yn ôl i gyfeiriad y Plas.

Pan ddaethant i'r clos gwelodd Twm fod cerbyd y meddyg wrth ddrws y Plas.

Cyn gynted ag y clywodd sŵn carnau, rhedodd y Sgweier allan ar ei goesau byrion.

'Twm! Diolch i'r nefoedd, rwyt ti wedi'i chael hi!'

Edrychodd y Sgweier dros y gaseg yn fanwl.

'Ydy hi wedi ca'l niwed, Twm?'

Nid atebodd Twm am foment.

'Wel, dwed rywbeth, fachgen. Dyw hi ddim wedi ca'l niwed?'

'Wel, Syr, does 'na ddim briw arni yn unman, hyd y gwn i.'

'Dyna lwc ontefe, Twm. Fe allai fod wedi torri'i choes neu rywbeth. Ond mae hi'n iawn.'

Edrychodd Twm i fyw llygad y Sgweier.

'Wn i ddim am hynny.'

'Beth wyt ti'n feddwl, Twm? Mae'n edrych yn iawn i fi.'

'Ydy. Ond ar yr un pryd, Syr, fydd gwell i chi roi gwybod i Syr Tomos na fydd hi ddim yn rhedeg yn y ras ddydd Sadwrn nesa'.'

'Ond mae'n rhaid iddi redeg yn y ras, Twm.'

'Rhaid iddi?'

'Wrth gwrs, fachgen. Os na fydd y gaseg yn rhedeg fe fydd rhaid i fi dalu'r canpunt. Dyna'r cytundeb.'

Ysgydwodd Twm ei ben. Gwyddai erbyn hyn beth oedd ym meddwl y Sgweier.

'Fe fydd rhaid i ti ei marchogaeth hi yn y ras, Twm,' meddai Syr Harri.

'Ond, dyw'r gaseg ddim yn barod i redeg ras fel hon. A pheth arall, mae Mr. Anthony . . .'

'All Anthony ddim 'i marchogaeth hi ac ynte wedi brifo'i ysgwydd, a pheth arall, mi fydd gen i well siawns i ennill canpunt os byddi di yn y cyfrwy, felly dyna ddigon o siarad—mae popeth wedi'i setlo.'

PENNOD IV

Yn awr mae'r hanes yn symud o Dregaron i Lanbedr Pont Steffan ac i'r dolydd gleision, gwastad ar lan Teifi, y tu allan i'r dref.

Y ras oedd y siarad rhwng pob dau ar strydoedd y dref y diwrnod hwnnw. Gwyddai pawb fod pum ceffyl yn rhedeg, ond yr oedd y diddordeb i gyd yn y ddwy gaseg—caseg y Dolau a chaseg Ffynnon Bedr. A mawr oedd y dadlau yn y dref y diwrnod hwnnw. Mynnai rhai mai brid enwog y Dolau oedd yn debyg o drechu. Cofiai nifer o'r bobl mewn oed am orchestion yr hen gaseg, Seren y Dwyrain. Onid oedd hi wedi curo ceffylau gorau Lloegr? Ond mynnai'r rhai a oedd wedi gweld caseg newydd Syr Tomos yn hela, nad oedd yng Ngheredigion nac yng Nghymru yr un ceffyl a allai fynd heibio iddi mewn ras deg.

Yr oedd y strydoedd a'r tafarnau'n llawn, a llawer o fetio'n mynd ymlaen ymysg y tlawd a'r cyfoethog.

Yna, ychydig cyn dau o'r gloch y prynhawn, symudodd pawb tua glan Teifi.

Yn stablau hen dafarn y Bedol heb fod ymhell o lan yr afon yr oedd Twm Siôn Cati, a chydag ef y gaseg ddu a fu'n destun y dadlau yn y dref drwy'r bore. Yr oedd hi eisoes wedi ei chyfrwyo yn barod i'r ras, a cherddai Twm i fyny ac i lawr yn disgwyl Syr Harri i roi'r gorchymyn iddo gychwyn tua glan yr afon. Teimlai'n nerfus iawn, gan fod cymaint yn dibynnu arno ef a'r gaseg y diwrnod hwnnw. Edrychodd unwaith eto ar y gwartholion ac ar genglau'r cyfrwy. Popeth yn iawn. Ble'r oedd Syr Harri? A oedd hi'n ddau o'r gloch?

Yna clywodd sŵn traed a daeth Mr. Anthony i mewn i'r stabl. Yr oedd cadach gwyn am ei fraich ac roedd ei wyneb yn goch. Deallodd Twm ar unwaith ei fod wedi bod yn yfed.

'Ha!' meddai. 'Wyt ti'n mynd i ennill heddi', Twm?'

'Gobeithio hynny, beth bynnag,' meddai Twm.

Chwarddodd Mr. Anthony'n feddw.

'Mae gen ti fwy o ffydd yn y creadur 'ma nag sydd gen i. Rwy' i'n siŵr mai colli wnei di.'

Nid atebodd Twm. Ble'r oedd Syr Harri?

'Rwy' i mor siŵr dy fod di'n mynd i golli, Twm, nes 'mod i wedi gosod bet go drwm ar gaseg Syr Tomos.'

Teimlai Twm ei waed yn berwi, ond ni ddywedodd air.

Aeth Mr. Anthony gam neu ddau yn nes at y gaseg. Gweryrodd hithau'n isel gan godi ei phen.

Yna daeth gwaedd o ddrws y dafarn. Llais y Sgweier o'r diwedd.

'Twm! Twm!'

Aeth Twm allan i ddrws y stabl a chododd ei chwip ar Syr Harri.

'Popeth yn barod, Twm?'

'Ydy, Syr.'

'Wel, gad i ni fynd. Welaist ti Anthony yn rhywle?'

'Mae e' yn y stabl fan yma.'

'Beth mae e'n 'i 'neud fanna? Anthony!'

Yna clywodd Twm sŵn y gaseg yn gweryru eto. Trodd ei ben a gwelodd Mr. Anthony yn sefyll yn ei hymyl.

'Mae eich tad yn galw, Mr. Anthony. Mae'n bryd i ni fynd.'

Chwarddodd yr Etifedd.

'Paid ymdrechu'n rhy galed i ennill 'nei di, Twm.' Yna aeth allan o'r stabl.

Cydiodd Twm ym mhen y gaseg ddu ac arweiniodd hi allan i'r clos. Disgleiriai ei chot ddu yn yr haul ac edrychodd yr hen Sgweier yn falch arni.

Daeth ymlaen atynt.

'Ar 'i chefn hi, Twm bach.'

Cydiodd yng nghoes Twm a'i daflu'n ysgafn i'r cyfrwy. Erbyn hyn yr oedd Anthony wedi diflannu i mewn i'r dafarn heb ddweud un gair wrth ei dad.

'Twm,' meddai'r Sgweier, 'cofia nawr, gad i gaseg Syr Tomos

fynd o dy fla'n di, ond paid gadael iddi fynd o'r golwg! Cadw o fewn canllath iddi nes doi di i'r ddôl o dan Llanfair y tro ola'. Wedyn gad i'r gaseg ddu gael 'i phen—gad iddi fynd! Fe fydd gen ti ryw wyth can llath o'r fan honno, ac rwy'n dibynnu arnat ti i agor cymaint o fwlch rhyngot ti a chaseg Syr Tomos fel y bydd hi'n amhosib iddi dy ddal di. Ond cyn hynny fe fydd rhaid iti neidio wyth o gloddiau, Twm, ac fe fydd damwain wrth un ohonyn nhw yn ddigon! Wel, gwell i ti fynd nawr. Lwc dda i ti!'

Rhoddodd y Sgweier ei law'n gyfeillgar ar ei ben-glin, yna trodd ac aeth i mewn i'r dafarn.

Yr oedd y ras i gychwyn yr ochr draw i'r afon, yna i ddilyn cylch trwy gaeau a thros gloddiau, a chroesi'r bont ym Mhencarreg ac yn ôl ar hyd dolydd glannau'r afon i orffen ar y ddôl eang yn union y tu allan i'r dref.

Yr oedd tri cheffyl wedi cyrraedd y man cychwyn o flaen Twm. Nid oedd yn adnabod yr un ohonynt, ond gwyddai mai rhai o fechgyn cyfoethog yr ardal oeddynt. Edrychodd ar eu ceffylau a gwyddai ar unwaith nad oedd gan yr un ohonynt fawr o siawns yn y ras. Nid nad oedden nhw'n geffylau digon golygus a llamsachus, ond nid oeddynt yn yr un dosbarth o gwbl â Biwti Ffynnon Bedr a chaseg ddu'r Dolau. Cerddodd Twm y gaseg yn araf tuag atynt gan ddal y ffrwyn yn dynn. Yna cododd gwaedd fawr o ganol y dorf a oedd yn gwylio a gwelodd Twm gaseg hardd Ffynnon Bedr â Robert yn y cyfrwy yn trotian yn hamddenol tuag ato.

O'r tu ôl cerddai nifer o wŷr bonheddig ac yn eu plith Syr Tomos Llwyd a Syr Harri Prys.

Cyn bo hir safai'r ceffylau i gyd yn un rhes yn barod i gychwyn. Yr oedd lleisiau'r dyrfa wedi distewi'n llwyr yn awr. Disgwyliai pawb am yr ergyd a fyddai'n arwydd fod y ras wedi dechrau.

Daliodd Twm Siôn Cati ei anadl pan welodd dafarnwr y Bedol yn codi pistol i'r awyr. Yna torrodd sŵn yr ergyd ar ei glyw, ac nid oedd angen cymell y gaseg ddu. Neidiodd ymlaen gyda'r lleill. Aeth Biwti Ffynnon Bedr i'r blaen bron ar unwaith, fel pe bai'n rhy falch i ddioddef cwmni'r lleill. Byddai Dart wedi mynd gyda hi ond cofiai Twm eiriau'r Sgweier cyn cychwyn a daliai afael dynn ar y ffrwyn.

Rhuthrodd y clawdd cyntaf i'w gyfarfod a chododd y gaseg ddu drosto'n ddiogel. Trwy gil ei lygad gwelodd Twm un o'r lleill yn baglu yn y gwrych a syrthio. Dim ond pedwar ceffyl oedd ar ôl yn y ras.

Erbyn hyn yr oedd y ceffylau wedi mynd o olwg y dorf.

'Dyna ti, Harri,' meddai Syr Tomos, 'mae Biwti ar y blaen yn barod.'

'Mae'n gynnar yn y dydd eto, Syr Tomos,' oedd yr ateb. 'Caseg y Dolau fydd y cynta' 'nôl gewch chi weld.'

'Ia! Gwranda, Harri, garet ti ga'l canpunt arall o fet, gan dy fod di mor siŵr?'

'Dim diolch, fe fydd un canpunt yn ddigon i mi.'

*   *   *

Erbyn hyn nid oedd ond y ddwy gaseg yn y ras, a Biwti oedd ar y blaen, ond yr oedd Twm Siôn Cati'n marchogaeth o hyd â ffrwyn dynn. Gwyddai fod un arall o'r ceffylau wedi cwympo, a gwyddai hefyd mai'r peth hawsa' yn y byd fyddai i Dart lithro ar ei throed, neu godi at y clawdd yn rhy hwyr, neu'n rhy gynnar, ac fe fyddai ar ben arno yntau. Fe geisiodd fesur y pellter rhyngddo ef a chaseg Syr Tomos. A oedd mwy na chanllath rhyngddynt? Llaciodd y mymryn lleia' ar y ffrwyn.

Erbyn hyn nid oedd ond tri chlawdd ar ôl, a'r eiliad nesaf cododd un o'r rheini o'i flaen. Gwelodd Biwti'n mynd drosto fel aderyn. Yna yr oedd yntau'n codi drwy'r awyr ac yn disgyn y tu draw ar dir gwastad.

Nid oedd y gaseg ddu'n hoffi'r ffrwyn dynn. Gwyddai Twm ei bod yn dyheu am gael ei phen, ond ni feiddiai adael iddi fynd cyn cyrraedd y ddôl islaw Llanfair.

Aeth clawdd arall heibio odano, a daeth y ddôl i'r golwg o'i flaen.

Rhoddodd ei phen i'r gaseg yn awr a llamodd hithau ymlaen ar ôl Biwti. Teimlodd Twm ryw ias yn mynd drwyddo wrth weld ei chyflymder. Pwysai ymlaen i dorri'r gwynt a theimlai fod y gaseg ac yntau'n un. Bron na allai dyngu fod ei galon ef a'i chalon hithau'n curo'r un pryd.

Edrychodd o'i flaen. A oeddynt yn nes at Robert a Biwti?

Oeddynt! Roedd Twm yn siŵr fod y bwlch rhyngddynt yn dechrau cau. Cariai Twm chwip yn ei law, ond nid oedd yn bwriadu ei defnyddio nes byddai rhaid.

Ond ar yr un pryd yr oedd yn dyheu am i'r gaseg fynd yn gynt eto. Fel pe bai'n gallu darllen ei feddwl gwnaeth hithau fwy o ymdrech fyth. Yn raddol fe gaeodd y bwlch rhwng y ddau farchog, a chyn bo hir marchogai Twm wrth ysgwydd Robert Ffynnon Bedr. Yna daethant at y clawdd ola. Aeth y ddau drosto'n llwyddiannus ond enillodd Robert beth tir serch hynny, gan fod ei gaseg ef wedi cael mwy o brofiad o neidio.

Yn awr nid oedd ond tir gwastad rhyngddynt a'r llinell. Taflodd Robert un cip dros ei ysgwydd a gwelodd fod y gaseg ddu yn ei ymyl. Cododd ei chwip a'i defnyddio am y tro cyntaf. Ond ni wnaeth hynny ddim gwahaniaeth gan fod y gaseg ar ei heithaf cyn hynny.

'Dart! Dart!' gwaeddodd Twm, ac o rywle casglodd y gaseg ddigon o nerth i basio Robert a Biwti. Edrychodd Robert yn syn arni'n mynd heibio, a chododd ei chwip drachefn a thrachefn. Ond yr oedd hi wedi bod yn ras galed ac anodd, yn ddigon i ladd ceffyl cyffredin, ac yn awr, a phen y daith yn ymyl, yr oedd gwaed yn dechrau dweud. Mewn gair, yr oedd Biwti Ffynnon Bedr wedi chwythu ei phlwc.

Rywfodd neu'i gilydd gwyddai Twm Siôn Cati fod hynny'n wir. Gwyddai hefyd, cyn wired â'r pader, fod y ras wedi'i hennill. Cododd ei ben a gwelodd y dyrfa fawr o'i flaen yn chwifio'u breichiau, er na allai glywed dim o'u sŵn. Daeth y llinell yn nes ac yn nes. Un cip dros ei ysgwydd. Yr oedd Biwti'n dal ati o hyd, y creadur dewr â hi!

Yna gwelodd wyneb coch tafarnwr y Bedol yn mynd heibio a

gwyddai fod y ras wedi ei hennill a chanpunt Syr Harri'n ddiogel.

Wedi cerdded y gaseg yn ôl at y fan lle safai Syr Harri a'r lleill gwelodd fod y lle'n ferw gwyllt. Rywfodd neu'i gilydd yr oedd y plant a'r merched ifainc wedi cael ei enw ac yn awr rhedent ar ei ôl gan weiddi,

'Twm! Twm Siôn Cati!'

Closiai'r dynion mewn oed ato i gael gweld y gaseg. Yr oedd eu llygaid yn llawn edmygedd. Gwasgai'r dyrfa'n beryglus o agos at draed y gaseg ac ofnai Twm y byddai'n gwylltio ac yn estyn cic.

Yna daeth at gylch clir lle safai'r gwŷr bonheddig gyda'i gilydd.

'Twm! Twm!' Llais Syr Harri. Cydiodd yr hen Sgweier ym mhen y gaseg ac edrychodd i wyneb Twm. Gwenodd, ond sylwodd Twm fod deigryn yn ei lygad hefyd.

Yn ymyl, safai Syr Tomos a golwg wgus iawn arno.

'Roedd Biwti'n cario ugain pwys yn rhagor o leia' na chaseg y Dolau,' meddai'n uchel wrth ei ffrindiau. 'Mae Robert gymaint â hynny o leiaf yn drymach na'r bachgen 'ma—Twm Siôn Cati. Fe fuost ti, Harri, yn gyfrwys iawn yn mynnu marchog ysgafn, mae'n gwneud byd o wahaniaeth mewn ras hir. Roeddwn i wedi meddwl mai Anthony fyddai'n marchogaeth heddi', dyna oedd y cytundeb rhyngom ni.'

'Ond roedd Anthony wedi brifo'i fraich, Syr Tomos,' atebodd Syr Harri.

'Hy!' meddai Syr Tomos. 'Fe ofala' i erbyn y tro nesa' fod gen inne farchog ysgawn, wedyn fe gawn ni weld. Doedd honna ddim yn ras deg!'

Aeth murmur drwy'r dorf wrth glywed hyn, ond nid oedd neb yn ddigon mentrus i amau Syr Tomos.

'Tyrd, Twm,' meddai Syr Harri, 'gad i ni fynd 'nôl i'r Bedol.' Cydiodd yn ffrwyn y gaseg ddu a'i harwain drwy'r dyrfa.

'O'r ffordd! O'r ffordd!' gwaeddodd wrth y plant a'r bobl mewn oed a dyrai o'u cwmpas.

'Twm Siôn Cati! Twm Siôn Cati!' Yr oedd enw Twm ar

wefusau pawb. Ychydig a wyddai Twm ar y pryd y byddai ei enw ar wefusau llawer mwy o bobl cyn pen blwyddyn.

Yn ôl yn stabl y Bedol, meddai Syr Harri,

'Sut aeth y ras, Twm?'

'Ardderchog! Mae Dart hyd yn oed yn well nag oeddech chi na finne wedi meddwl.'

'Wyt ti'n credu hynny wir?'

'Cofiwch, rwy'n dal i gredu mai Biwti yw'r cyflyma'; mewn ras hir mae Dart yn gallu casglu rhyw nerth o rywle.'

'Rwyt ti'n iawn. Gwaed, Twm bach! Gwaed sy'n cyfri mewn ras hir!'

Aeth Twm i dynnu'r cyfrwy oddi ar gefn y gaseg. Safodd yn stond pan welodd fod cengl lledr un o'r gwartholion ar fin torri. Edrychodd yn fwy manwl a gwelodd fod ôl toriad cyllell yn y lledr. Aeth rhyw ias drwyddo. Sut yn y byd yr oedd y cengl wedi dal yn ystod y ras? Pe bai wedi torri wrth un o'r cloddiau gallai fod yn ddigon am ei fywyd ef a'r gaseg. Ond rywfodd roedd y darn a oedd heb ei dorri wedi dal! Pwy allai fod wedi gwneud y fath beth? Cofiodd ar unwaith mai Anthony'n unig oedd wedi cael y cyfle pan fu yn y stabl cyn i'r ras ddechrau. Cofiodd hefyd iddo ei gymell i beidio ag ymdrechu gormod yn y ras. A ddylai ddweud wrth Syr Harri? Penderfynodd beidio.

'Fe fydd Anthony a minnau'n cychwyn am Dregaron ar unwaith, Twm.'

'Ond roeddwn i'n meddwl eich bod chi'n mynd i swper i Ffynnon Bedr, Syr Harri?'

'Roeddwn i wedi meddwl. Ond mae Anthony wedi bod yn yfed gormod drwy'r dydd, felly rwy'n credu 'i bod hi'n well i ni fynd tua thre. Mae e' wedi bod yn ymddwyn fel ffŵl drwy'r dydd.'

Fe allai Twm fod wedi dweud wrtho ei fod wedi bod yn ymddwyn yn waeth na ffŵl, ond ni wnaeth. Fe dorrai'r Sgweier ei galon pe gwyddai fod Anthony wedi gosod bet ar gaseg Ffynnon Bedr.

'O'r gore, Syr Harri. Fe ofala' i am y gaseg.'

'Fe wn i hynny, Twm bach. Rho ddwy awr o hoe iddi nawr. Wedyn fe elli di gychwyn am Dregaron. Gad iddi ga'l 'i hamser ar y ffordd, does dim brys. Fe af finne i edrych am Anthony i roi'r cerbyd yn barod.'

Aeth Syr Harri.

Bu Twm wrthi am dipyn wedyn yn brwsio cot ddu'r gaseg ac yn gofalu am bryd ysgafn o geirch iddi.

Wedyn aeth i mewn i'r Bedol i gael pryd o fwyd. Dewisodd y gegin gefn er mwyn osgoi'r dyrfa fawr, ond hyd yn oed yno cafodd dipyn o sylw gan y morynion a'r gweision. Wrth fwyta 'i bryd bwyd ni allai Twm feddwl am ddim ond am ddrygioni'r 'Tifedd yn torri cengl y cyfrwy er mwyn rhwystro caseg ei dad rhag ennill y ras.

PENNOD V

Yr oedd Twm a'r gaseg ddu yn nesáu at Dregaron. Teimlai Twm yn flinedig ond cerddai'r gaseg mor sionc ag erioed drwy'r tywyllwch.

'Rhaid ei bod hi'n wyth o'r gloch,' meddyliodd Twm, a dyheai am ei swper a'i wely.

Wrth nesáu at dro yn y ffordd a elwid yn Troed y Rhiw gwelodd olau lampau yn goleuo'r nos. Aeth yn nes a chlywodd sŵn lleisiau uchel. Beth oedd o'i le? Meddyliodd am ladron pen ffordd. Gwyddai fod digon o'r rheini ar heolydd sir Aberteifi. Ond rhai distaw oedd y rheini gan amlaf.

Yna daeth i mewn i gylch y golau a llamodd ei galon i dwll ei wddf.

Yn y ffos ar ochr y ffordd yr oedd cerbyd wedi ei ddymchwel a gwyddai ar unwaith mai cerbyd Plas y Dolau ydoedd. Safai nifer o wŷr a gwragedd o gwmpas y cerbyd.

'Beth sy' wedi digwydd?' gofynnodd Twm.

Trodd hen ŵr ato.

'Mae damwain ofnadwy wedi digwydd. Syr Harri Plas y Dolau a'r 'Tifedd wedi cael niwed,' meddai.

Edrychodd Twm ar y cerbyd drylliedig yn y ffos.

'Ble mae Syr Harri nawr?' gofynnodd.

'Maen nhw wedi mynd ag e' i'r Plas. Mae'n syndod 'i fod e'n fyw—y ffordd yr oedd y 'Tifedd yn gyrru. Rown i'n digwydd bod ar ben y drws pan oedden nhw'n mynd heibio. Weles i erioed neb yn ceisio gyrru fel'na heibio i Droed y Rhiw o'r blaen. Ond wrth gwrs, aethon nhw ddim heibio . . .'

Edrychodd yr hen ŵr ar y gaseg ddu.

'Hym, creadur pert, fachgen. Nid hon yw caseg ddu'r Plas, iefe?'

Ond nid oedd Twm am siarad am y gaseg. Yr oedd ei feddyliau'n gawdel i gyd.

Trodd yr hen ŵr ymaith gan fwmian dan ei anadl.

'Hy! Gwŷr Byddigion! Dim ond gyrru, gyrru. Does dim rhyfedd!'

Gwelodd Twm wraig yn aros yn ei ymyl.

'Sut oedd Syr Harri?' gofynnodd.

'Chafodd neb un gair o'i ene fe.'

'A'r 'Tifedd?'

'Roedd ganddo fe ddigon i' ddweud dros y ddau. Chlywes i erioed y fath regfeydd!'

Gwyddai Twm fod yn rhaid iddo gyrraedd y Plas ar unwaith. Gwasgodd ei sodlau i ystlysau'r gaseg ac i ffwrdd â nhw. Pan gyrhaeddodd fuarth y Dolau gwelodd fod golau ym mhob ffenestr. Rhoddodd y gaseg yn y stabl a thynnodd y cyfrwy oddi arni. Yna aeth ar ei union i'r Plas.

Yn y neuadd fawr safai gweision a morynion o gwmpas y lle a golwg ddifrifol arnynt. Siaradai pawb yn dawel.

Gwelodd Twm un o forynion hyna'r Plas, ac aeth ati.

'Sut mae Syr Harri?' gofynnodd yn bryderus i Martha.

Yna gwelodd y dagrau'n tasgu o'i hen lygaid.

'Mae'r doctor gydag e' o hyd . . . ond . . . does dim gobaith rwy'n ofni, Twm bach.'

'Beth? Martha! Dyw hyn ddim yn wir!'

'Ydy, Twm, rwy'n ofni 'i fod e'n wir, Duw a'n helpo ni!'

'Ga' i fynd i' weld e', Martha?'

'Na, does neb yn cael mynd yn agos ond y doctor. Mae e' wedi dod ato'i hunan, ond mae e'n wan iawn.'

'Ond rwy' am 'i weld e', Martha!'

Rhoddodd yr hen wraig ei llaw ar ei ysgwydd.

'Eistedd di fanna, Twm bach. Rwyt ti wedi blino, a rhaid i ti ga'l dy swper . . .' Martha—bob amser yn meddwl am wneud bwyd i rywrai neu'i gilydd!

Ond ni allai Twm feddwl am fwyta dim.

Eisteddodd yn y gadair a dechrau meddwl. Yr hen Sgweier yn mynd i farw! Am y tro cyntaf dechreuodd Twm sylweddoli ei fod yn caru'r hen Sgweier fel tad. Ni allai ddychmygu sut le

39

fyddai Tregaron hebddo, ond gwyddai y byddai galar mawr ar ei ôl. Gwyddai hefyd y byddai newid mawr er gwaeth yn hanes pobl y dref a thenantiaid y stad. Syr Harri â'i wên garedig bob amser, y bonheddwr parod ei gymwynas! Syr Harri a'i geffylau a'i gŵn a'i gwrteisi!

Yna agorodd drws y neuadd a daeth dyn bach crebachlyd i mewn. Y doctor! Edrychodd pawb i'w gyfeiriad heb fentro gofyn y cwestiwn pwysig. Ysgydwodd y dyn bach ei ben,

'Rwy' wedi dweud,' meddai mewn llais gwichlyd, diamynedd, 'does dim gobaith, mae e' wedi colli gormod o waed yn un peth, a wn i ddim faint o esgyrn 'i gorff sy' wedi torri. Mae e'n holi am Twm—Twm Siôn Cati. Oes un ohonoch chi'n gwbod pwy yw hwnnw?'

Neidiodd Twm ar ei draed.

'Fi yw Twm Siôn Cati. Ga' i fynd i' weld e'?'

'Cei, wnaiff hynny ddim gwahaniaeth.'

Aeth Twm ar ei union drwy'r drws ac i fyny'r grisiau mawr i'r llofft.

Yr oedd drws ystafell wely'r Sgweier yn gil agored. Aeth i mewn yn ddistaw.

Ar y gwely mawr gorweddai'r Sgweier. Ond prin y gallai Twm ei adnabod. Gorweddai â'i lygaid ynghau ac yr oedd ei wyneb mor welw fel y tybiodd Twm ei fod wedi marw.

Aeth ymlaen at ymyl y gwely a chydiodd yn y llaw fodrwyog a oedd mor llonydd ar ddillad y gwely.

'Syr . . .!' Teimlai Twm rywbeth yn tagu'r geiriau yn ei wddf ac ni allai ddweud rhagor.

Bu distawrwydd yn yr ystafell am dipyn, heb ddim ond sŵn anadlu trwm y Sgweier i'w glywed.

'Twm!'

Cododd Twm ei ben. Yr oedd llygaid Syr Harri ar agor ac yr oedd golwg boenus ar ei wyneb.

'Twm . . . y gaseg . . . rwy' am i ti 'i chael hi, Twm . . .'

'Na, na, Syr Harri . . .'

Aeth Syr Harri ymlaen fel pe bai heb ei glywed.

'Rwy' am i ti ofalu'n dda amdani, Twm . . .' Yr oedd yn ymdrechu'n galed am ei anadl.

'Mi fydda' i'n arwyddo papur . . . fe gaf fi help y doctor bach . . . rhag ofn y bydd . . .' Aeth y llais yn rhy floesg i Twm ei glywed bron.

Teimlodd law'r Sgweier yn gwasgu'n dynnach am ei fysedd. Yna daeth y Doctor i mewn. Daeth yn syth at y gwely a rhoi ei law yn ysgafn ar fynwes y Sgweier. Cadwodd hi yno am funud, yna trodd at Twm a dywedodd yn ddistaw,

'Does dim rhagor y galla' i na neb arall 'i 'neud dros y Sgweier. Gwell i mi fynd i weld sut mae'r 'Tifedd.'

'Ond Doctor . . .!'

'Na, 'machgen i, mae Syr Harri wedi gadael yr hen fyd gofidus 'ma. Dyma noson ddu iawn yn hanes Tregaron. Wel, wel! Ac mor sydyn a diachos hefyd!'

Aeth y Doctor allan o'r ystafell a chododd Twm ar ei draed. Yr oedd llaw farw'r Sgweier yn gafael yn dynn yn ei fysedd o hyd. Yn dyner ac yn araf rhyddhaodd ei fysedd ac aeth yntau i lawr y grisiau.

PENNOD VI

Claddwyd Syr Harri Prys ym mynwent Tregaron dridiau yn ddiweddarach a daeth llu mawr o bobl dlawd a chyfoethog i'r angladd. Yr oedd y tenantiaid yno bob un, a chafodd pedwar ohonynt yr anrhydedd o ddwyn arch eu meistr tir i lan y bedd. Cludwyd yr arch o'r Plas i'r fynwent yng ngherbyd gorau'r Sgweier yn cael ei dynnu gan yr hen gaseg a oedd mor annwyl ganddo, Seren y Dwyrain, a mynnai rhai ei bod hithau, a fu mor sionc a hoyw ar hyd ei hoes, yn llusgo'i thraed y diwrnod hwnnw.

Yr oedd hi'n briwlan glaw pan ostyngwyd yr arch i'r bedd, ond safai pawb yn bennoeth, serch hynny, pan lefarai'r offeiriad y geiriau,

'. . . Lludw i'r lludw, pridd i'r pridd . . . O hyn allan gwynfydedig yw y meirw . . . canys y maent yn gorffwyso oddi wrth eu llafur.'

Aeth llais yr offeiriad ymlaen, a daliai'r glaw i ddisgyn, a thu allan, wrth borth y fynwent safai'r hen gaseg yn llonydd a phenisel.

Yr oedd perthynas agosaf y Sgweier yn absennol o'r angladd.

Ni allai ei fab Mr. Anthony fod yno am ei fod yn cadw gwely o hyd, ar ôl y ddamwain.

Ond yr oedd ef yn dal i wella a barn y doctor oedd y byddai ar ei draed eto ymhen rhai dyddiau.

Safai'r gof yn ymyl Twm Siôn Cati yn y fynwent, ac yr oedd y dyn mawr yn crio fel plentyn.

*   *   *

Aeth tri mis heibio, ac erbyn hyn fe wyddai ffermwyr stad y Dolau faint eu colled ar ôl yr hen Sgweier. Yr oedd y 'Tifedd

42

eisoes wedi bygwth codi'r rhenti ar bob un ohonynt. Wrth gwrs, fe wyddai bron pawb erbyn hyn fod rheswm da am hyn. O'r diwedd daethai'r hanes i glyw gwlad nad oedd dim ond dyledion ar ôl yr hen Sgweier, a rywfodd neu'i gilydd daeth yr hanes allan mai'r 'Tifedd oedd wedi gwario cyfoeth y Dolau pan oedd yn Llundain.

Yr oedd hanesion eraill ar led hefyd. Dywedai rhai fod y Sgweier ifanc yn teithio'n go aml i gyfeiriad Ciliau Aeron, a'r farn oedd y byddai yna briodas cyn bo hir, rhwng Syr Anthony ac Eluned Morgan. Onid oedd Eluned yn ferch gyfoethog, ac onid oedd ei thad yn awyddus iddi briodi un o fechgyn bonheddig y sir?

Dyddiau anodd fu'r rheini i Twm Siôn Cati. Hiraethai am gael mynd i'r Plas i weld sut oedd y gaseg ddu. Gofidiai hefyd am yr hyn oedd yn mynd i ddigwydd iddo ef a'i fam yn awr a'r hen Syr Harri wedi marw. Meddyliai'n aml am yr hyn a ddywedasai'r hen Sgweier ar ei wely angau, ynglŷn â'r gaseg, a theimlai'n anesmwyth iawn. Rhaid bod Syr Harri wedi drysu'r noson honno. Yr oedd un peth yn sicr beth bynnag—ni fyddai neb yn ei gredu pe dywedai fod yr hen Sgweier wedi dweud ei fod ef i gael y gaseg.

Wythnos cyn y Nadolig oedd hi, ac yr oedd haenen denau o eira wedi disgyn ar y bryniau o gwmpas Tregaron. Yr oedd hi'n oer iawn a phroffwydai'r hen bobl fod rhagor o eira ar y ffordd.

Yr oedd Twm newydd roi tipyn o wair o flaen y ddwy fuwch yn y beudy pan glywodd sŵn pedolau yn nesáu at y clos.

Aeth allan i ddrws y beudy i weld pwy oedd yno.

Gwelodd ddau ddyn ar gefn ceffylau yn dod i fyny'r lôn ac adnabu'r ddau ar unwaith. Syr Anthony oedd un ac Ifan Tomos y Stiward oedd y llall.

Daeth y ddau hyd ato.

'Prynhawn da,' meddai Twm.

Ni ddywedodd yr un o'r ddau'r un gair am funud. Yna dywedodd y Sgweier ifanc gan droi at y Stiward,

'Gwell i chi ddweud wrtho fe, Ifan.'

'O'r gore, Syr.' Pesychodd Ifan Tomos.

'Y . . . mae'n debyg, Twm, nad wyt ti a dy fam ddim wedi talu rhent i'r Plas am y lle 'ma ers blynyddoedd . . .'

'Eitha gwir,' atebodd Twm, 'gan fod fy mam yn wraig weddw fe ddwedodd y Sgweier . . .'

'Twt, twt,' meddai Syr Anthony, 'mae'n amhosib credu fod 'Nhad wedi cytuno i chi ga'l y ffarm am ddim. Beth bynnag, os wyt ti'n dweud y gwir, mae'n debyg fod gennyt ti rywbeth ysgrifenedig i ddangos i brofi . . .'

'Na, does dim byd fel'ny gyda ni.'

Cododd y Sgweier ifanc ei aeliau a dechreuodd daro'i esgid â blaen ei chwip.

'Wel! Gwrando, Twm Siôn Cati, hyd y gwela' i, mae bron ugain mlynedd o rent yn ddyledus arnoch chi i'r Plas ac mae Ifan Tomos a finne wedi dod 'ma heddi' i ofyn am yr arian. Gobeithio 'u bod nhw'n gyfleus gyda chi.'

Edrychodd Twm yn syn arno.

'Ond fe ddwedodd y Sgweier . . .'

'Fi yw'r Sgweier nawr, a wn i ddim am unrhyw gytundeb. Mae Ifan a finne wedi bod yn cyfri, ac rŷn ni'n barod i setlo ar ganpunt.' Yn sydyn, chwarddodd Twm yn uchel.

Cochodd Syr Anthony a dechreuodd y chwip daro'n gyflymach ar flaen ei esgid.

'Gobeithio dy fod di'n mynd i dalu'n dawel, rwyt ti'n gwbod fod 'na garchar yn Aberteifi i'r rhai sy'n methu talu'u dyledion.' Gwingodd yr hen Ifan Tomos yn y cyfrwy. Ef oedd y Stiward yn amser yr hen Sgweier a gwyddai Twm nad oedd ffordd y Sgweier newydd wrth ei fodd o gwbl.

'Talu'n dawel!' meddai Twm, 'Ond does gan mam a finne ddim pum punt yn y byd i gyd, heb sôn am ganpunt!'

'Fe gei di dridiau i dalu,' meddai Syr Anthony, 'os na fyddi di wedi bod yn y Plas yn talu erbyn hynny fe fydd y beilïed yn dod 'ma i gymryd meddiant o'r ffarm . . .'

'Ond, Syr,' protestiodd Ifan Tomos, 'tridiau! Mae'r Nadolig ar ein penne ni! Rhowch flwyddyn iddo.'

'Rwy' wedi dweud!'

'Ond, Syr, ellwch chi ddim 'i droi e' a'i fam ma's i'r ffordd yn y gaea' fel hyn!'

'Gwrando!' meddai'r Sgweier ifanc. 'Wyt ti'n dechre ame â fi? Os wyt ti, fe fydd rhaid i mi feddwl am stiward newydd.'

Yr oedd y Stiward ar fin dweud rhywbeth, ond daliodd ei dafod.

'Syr Anthony!' meddai Twm â'i lygaid yn fflachio, 'Does arna' i ddim canpunt i chi, a phe bai-e, fedrwn i byth 'u codi nhw mewn deng mlynedd.'

'O'r gore, fe fydd rhaid i ni 'neud y gore o'r gwaetha' felly. Fe fyddwn ni'n cymryd meddiant o'r ffarm, yr offer a'r stoc i'n digolledu'n hunain.'

Yna fe gollodd Twm ei dymer.

Aeth ymlaen gam at Syr Anthony, a rhaid bod hwnnw wedi gweld rhywbeth yn ei lygad, oherwydd fe gododd ei chwip.

'Peidiwch chi â defnyddio honna eto, Syr Anthony. Fe gawsoch chi lonydd y tro diwetha' am fod gen i ormod o barch i'ch tad.' Yr oedd wyneb cul, creulon Syr Anthony yn welw.

'Wyt ti'n 'y mygwth i?' gofynnodd.

'Dim ond rhoi rhybudd i chi mewn pryd,' meddai Twm yn isel. Edrychai Syr Anthony'n gynddeiriog.

'O'r gore. Fe gei di ddysgu'n fuan iawn na chei di ddim siarad fel'na â fi. Fi yw'r meistr ffordd 'ma nawr. Tyrd, Ifan!'

Trodd ben ei geffyl am fwlch y clos. Ond trodd ei ben i weiddi, 'O gyda llaw, falle caret ti wybod fod y gaseg ddu'n ca'l 'i gwerthu. Rwy' i wedi cael cynnig pris da amdani. Mae 'na ŵr bonheddig o Lunden wedi cymryd ffansi ati.'

Safodd Twm yn fud ar ganol y clos.

Chwarddodd Syr Anthony wrth weld yr olwg syn ar ei wyneb. Yna diflannodd y ddau farchog heibio i'r tro yn y lôn. Safodd Twm yn hir ar y clos yn y gwynt oer, yn meddwl.

Yr oedd ei fyd i gyd wedi ei newid mewn deng munud. Chwarter awr yn ôl yr oedd ganddo ef a'i fam dyddyn bach clyd yn ddi-rent; yr oedd ganddynt ddwy fuwch, merlyn a deugain o

45

ddefaid. Yn awr nid oedd ganddynt ddim. Gwyddai Twm yn rhy dda na allai obeithio ymladd â'r Sgweier newydd. Ef oedd y gyfraith, a gallai wneud fel y mynnai â'i denantiaid. Beth oedd e' i'w wneud? Ac ar ben y cwbl—y newydd am y gaseg! Beth petai'r hen Sgweier yn gallu gwybod fod gwaed y gaseg o Arabia ar fin mynd allan o stablau'r Dolau am byth?

Aeth Twm i'r tŷ i dorri'r newydd drwg i'w fam.

PENNOD VII

Dydd Nadolig—ac yr oedd hi'n addo bod yn ddydd Nadolig gwyn! Er y bore yr oedd y gwynt wedi codi a'r awyr wedi duo, ac yn awr disgynnai ambell bluen wen o eira ar wyneb ac ar wisg Twm Siôn Cati.

Cerddai Twm yn frysiog ar hyd y ffordd arw, i gyfeiriad Tregaron heb edrych i'r chwith nac i'r dde, â golwg ddig ar ei wyneb.

Yr oedd cyfnewidiad rhyfedd wedi dod drosto yn ystod yr wythnos a aethai heibio. Digwyddodd cymaint o bethau chwerw yn ei hanes nes gwneud iddo deimlo'n ddig wrth bawb a phopeth.

Erbyn hyn yr oedd ef a'i fam wedi gadael Bryn Glas am byth. Bu rhaid iddynt gilio yn nyfnder nos gan yrru eu dwy fuwch o'u blaenau, a'u holl eiddo yn y cart, a'r ferlen yn ei dynnu.

Wrth gwrs, ni allent obeithio mynd â'r defaid hefyd a bu rhaid eu gadael ar ôl.

Yn awr, meddyliai Twm am ei fam. Nid oedd hi'n fodlon gadael Bryn Glas o gwbl. Ni allai ddeall y byddai'r Sgweier ifanc yn eu taflu allan i'r ffordd os arhosent.

Ond o'r diwedd, wedi cael y Gof i'w pherswadio, yr oedd hi wedi bodloni mynd at ei chwaer-yng-nghyfraith yn Llanym-ddyfri. Ond ni allai Twm anghofio'r olwg drist ddigalon ar ei hwyneb wrth fynd allan trwy fwlch y clos ym Mryn Glas. Safodd am funud hir yn edrych yn ôl ar y tŷ yng ngolau'r lleuad, a gwyddai Twm ei bod hi wedi gadael ei chalon ar ôl, er iddi fodloni i'w ddilyn ef dros y mynydd i Lanymddyfri.

Teimlai Twm yn ddiolchgar, serch hynny, ei bod hi wedi dod gydag ef. O leiaf yr oedd ganddi, yn awr, do uwch ei phen, a chan fod ei fodryb, chwaer ei dad, yn byw wrthi'i hunan, fe fyddai'r ddwy'n dipyn o gwmni i'w gilydd.

Yr oedd Twm yn dychwelyd i Dregaron. Ni wyddai'n iawn i beth. Yr unig beth a wyddai oedd, na allai beidio â mynd.

Erbyn hyn disgynnai'r eira'n drwm, a chyn bo hir yr oedd pobman yn wyn.

Aeth heibio i eglwys ar fin y ffordd a chlywodd sŵn canu. Yr oedd pobl yr ardal yn dathlu gŵyl y Nadolig. Teimlai Twm fel ymuno â nhw gan ei fod yn unig ac yn chwerw ei ysbryd. Ond yr oedd taith bell o'i flaen.

Cerddodd am ddwyawr. Erbyn hynny gwyddai na allai gyrraedd Tregaron y noson honno. Yr oedd yr eira'n flanced wen dros bob man. Blinasai yntau ar ymladd â'r lluwchfeydd a'r gwynt creulon yn ei wyneb. Yn awr, ei unig fwriad oedd dod o hyd i ryw dŷ lle gallai gael cysgod rhag y storm. Ond yr oedd hi'n anodd gweld dim erbyn hyn, gan mor drwchus y disgynnai'r eira.

Yn sydyn deallodd ei fod wedi colli'r ffordd. Deallodd hynny pan syrthiodd dros ben llwyn eithin trwchus wedi ei weddnewid gan yr eira. Yr oedd wedi crwydro oddi ar yr heol! Sylweddolodd ei berygl ar unwaith. Yn awr fe allai grwydro o amgylch yn yr eira hyd nes y byddai ei nerth wedi pallu. Yna ni fyddai dim amdani ond gorwedd i lawr yn y lluwch.

A oedd yn cerdded ymlaen neu yn ôl? Nid oedd modd dweud. Cyn iddo golli'r ffordd gwyddai fod y gwynt yn chwythu yn ei wyneb. Yr oedd yn chwythu felly o hyd, ond fe allai'r gwynt fod wedi troi.

Yna gwelodd dwll tywyll o'i flaen, yn edrych fel hen agen ddu ynghanol y gwynder mawr. Ogof! Dyma le i gysgodi beth bynnag.

Aeth Twm i mewn i'r tywyllwch ac ar unwaith teimlodd ryddhad mawr o gael gwared ar y gwynt yn ei wyneb.

Cyn gynted ag y daeth ei lygaid yn gyfarwydd â'r hanner tywyllwch gwelodd fod ganddo gwmni yn yr ogof.

Ar lawr yr ogof, ar wely o redyn crin gorweddai dyn garw iawn yr olwg, a'i ddillad yn garpiau i gyd. Gerllaw iddo yr oedd pentwr o goed sychion yn barod i wneud tân. Edrychodd Twm yn syn arno.

'Ho! Ho!' meddai'r gŵr ar y llawr. 'Adar o'r unlliw a hedant i'r unlle!' Yr oedd ei lais yn grynedig fel llais hen ŵr.

Nid oedd Twm yn siŵr a oedd yn falch o weld fod yn yr ogof denant arall. Pa fath ddyn oedd y dyn dieithr ar y llawr?

'Rydych chi wedi cyrraedd o mla'n i,' meddai Twm, 'fe ges i ofn, wir, y byddai rhaid i fi gysgu yn y lluwch heno. On'd yw hi'n ofnadwy! Ar ddydd Nadolig hefyd!'

'Hy!' meddai'r dyn ar y llawr, 'Wela' i ddim gwahaniaeth rhwng dydd Nadolig ac un diwrnod arall. Ches i ddim cinio Nadolig heddi'.'

'Na finne chwaith,' meddai Twm. Bu distawrwydd am ennyd. Edrychai'r dyn carpiog yn graff ar Twm a'i llygaid yn llawn amheuaeth.

'Sut y doist ti o hyd i'r ogo' 'ma?' gofynnodd.

'Wn i ddim,' meddai Twm. 'Roeddwn i wedi colli'r ffordd . . .'

'Beth mae bachgen ifanc fel ti yn 'i 'neud yn crwydro o gwmpas fel hyn ar ddydd Nadolig?'

Nid atebodd Twm ar unwaith. Teimlai fod y stori'n rhy faith i'w hadrodd. Yn sydyn, cododd y dyn ar ei eistedd, a golwg filain arno.

'Ateb!' meddai.

Edrychodd Twm yn syn arno. Beth oedd ar y creadur?

Yna rhoddodd y dyn carpiog ei law tu mewn i'w got garpiog.

'Ateb!' meddai wedyn.

Teimlodd Twm ei fod ar fin colli'i dymer.

'Be' sy'n dy bigo di?' gofynnodd yn oeraidd.

Yn sydyn, daeth llaw'r dyn allan o dan ei got. Gwelodd Twm fod pistol ynddi.

Cododd Twm ei droed fel fflach a chiciodd y llaw a ddaliai'r pistol. Llanwyd yr ogof â fflach goch o olau ac yna torrodd sŵn yr ergyd fel taran drwy'r ogof.

Ni allai Twm weld na chlywed dim am eiliad. Yna disgyn-nodd darnau mân o gerrig a llwch ar ei ben o do'r ogof. Gwyddai wedyn fod y fwled wedi taro'r graig uwch ei ben.

Sylweddolodd yn sydyn fod y dyn carpiog wedi codi ar ei

draed. Yn waeth fyth, sylwodd fod ei law wedi mynd o dan ei got unwaith eto. Trawodd Twm ef o dan ei ên â'i ddwrn.

Syrthiodd y dyn i'r llawr yn bendramwnwgl a gorweddodd yno heb symud.

Plygodd Twm drosto a dechrau ei chwilio i weld pa arf arall oedd ganddo. Daeth ei fysedd i gyffyrddiad â chod ledr. Tynnodd hi allan. Yr oedd hi'n drwm. Ysgydwodd Twm hi yn ei law a chlywodd sŵn tincial arian.

Rhoes y god yn ei boced a phlygodd unwaith eto dros y dyn ar y llawr. Daeth o hyd i ddagr finiog yn un o'i bocedi. Daliodd honno yn ei law am funud. Edrychai'n arf peryglus iawn.

Dechreuodd y dyn ddadebru. Daeth ochenaid hir oddi wrtho i ddechrau, yna cododd ar ei eistedd ac edrychodd yn ddryslyd ar Twm.

Yna aeth ei law fel fflach unwaith eto i'w got.

'Chwilio am hwn wyt ti?' gofynnodd Twm yn dawel.

Nid atebodd y dyn. Yn lle hynny rhoes ei law ym mhoced arall ei got. 'Yr aur!' meddai'n wyllt. 'Rwyt ti wedi dwyn yr aur—y cythraul!'

Chwarddod Twm yn ei wyneb.

'Sut y doist ti yma? Pwy ddwedodd wrthyt ti 'mod i yma?' meddai'r dyn.

Daliai Twm i edrych yn graff arno. Gwyddai erbyn hyn mai lleidr pen ffordd neu rywbeth tebyg oedd y dyn.

'Dyma dy aur di,' meddai. Tynnodd y god o'i boced a thaflodd hi i'r dyn. 'A nawr gwell i ti fynd.'

'Mynd!' meddai'r dyn.' Mynd! Ond . . . dwyt ti ddim yn 'y ngollwng i'n rhydd wyt ti?'

'Wrth gwrs,' meddai Twm, 'dwyt ti ddim yn meddwl 'mod i'n mynd i dreulio nos gyda ti yn yr ogof 'ma, wyt ti? Mi fyddet wedi torri 'ngwddf i cyn y bore.'

'Y pistol . . .?'

'Na chei di ddim mo hwnnw, na'r dagr chwaith. Dos nawr, fe ddylet fod yn falch dy fod di'n cael mynd yn fyw ac yn iach.'

Troes y dyn at enau'r ogof, yna safodd. Gwelodd yr eira'n disgyn yn drwm ar y llethrau.

'Ond i ble'r a' i?' gofynnodd.

'Dos di ble mynnot ti,' meddai Twm.

Yna chwarddodd y dyn yn gras.

'Gwrando,' meddai, 'mae'n debyg i mi dy ddrwgdybio di ar gam. Roeddwn i wedi meddwl mai wedi dod ar fy ôl i yr oeddet ti. Ond mae'n debyg dy fod di'n dweud y gwir pan ddwedest ti mai wedi colli'r ffordd yr oeddet ti.'

'Wel?' meddai Twm.

'Wel, mae pethe'n wahanol nawr. Fe allwn ni fod yn ffrindie. Mae gen i fwyd yn y sach fan'co, ac rown i ar fin cynnau tân pan ddoist ti i mewn . . . all neb ddweud nad yw Wil Siencyn yn barod i rannu â chyfell mewn angen.'

Rhwbiodd ei ên a thynnodd wyneb ar Twm.

'Er—cofia—mae'n amheus gen i a ddylwn i dy alw di'n gyfell yng ngwir ystyr y gair.'

Yna chwarddodd, a dechreuodd Twm deimlo'n fwy cysurus yn ei gwmni. Meddyliodd am dreulio noson yn yr ogof wrtho'i hunan yn yr oerfel, a phenderfynodd fod cwmni'r dyn carpiog, peryglus yma'n well na dim cwmni o gwbl.

'O'r gore,' meddai, 'fe gei di aros. Ond cofia, dim rhagor o gampau!'

Plygodd Wil Siencyn uwchben y pentwr coed sychion ar lawr yr ogof. Aeth Twm allan i enau'r ogof i weld a oedd arwydd bod yr eira'n cilio, ond cadwai lygad ar Wil Siencyn yr un pryd.

Yr oedd hi'n dechrau tywyllu'n barod, ac edrychai'r wlad yn ddieithr yn ei gwisg newydd sbon o eira. Chwyrlïodd rhai plu oer i mewn i enau'r ogof, ac yn sydyn teimlai Twm yn falch fod gobaith am dân cyn bo hir.

Pan droes yn ôl gwelodd fod Wil Siencyn wedi llwyddo i gael magïen o olau o dan y coed. Yn awr gorweddai yn ei hyd yn chwythu'n ofalus ar y rhedyn crin a oedd newydd ffaglu. Yna neidiodd fflam goch ac un arall i fyny o'r pentwr coed.

Cyn bo hir yr oedd y fflamau yn taflu golau myglyd a chysgodion ar furiau'r ogof.

Eisteddodd Twm wrth y tân, ac am y tro cyntaf cafodd gyfle i weld wyneb Wil Siencyn yn iawn. Tyfai barf fratiog o gwmpas ei ên a'i gern ac yr oedd ei wyneb yn rhychiog fel wyneb hen ŵr. Ac eto, meddyliai Twm, ni allai fod yn hŷn na deugain oed.

Tynnodd Wil sach tuag ato, ac ohoni tynnodd hanner torth geirch ddu a darn gweddol fawr o gaws caled. Torrodd y bara a'r caws yn ddwy ran, a rhoddodd ddarn o fara a darn o gaws i Twm.

'Diolch,' meddai Twm, 'mae arna' i ormod o awydd bwyd i wrthod.'

Gwenodd Wil Siencyn.

'Rwyt ti'n fachgen parod â'r dwrn 'na,' meddai, 'nid yn amal y mae neb yn cael yr afael drecha' ar Wil Siencyn, alla' i fentro dweud wrthyt ti.'

Daliai Twm i gnoi ei fwyd sych.

'Rown i wedi meddwl mai un ohonyn *nhw* oeddet ti,' meddai Wil Siencyn wedyn.

'Un ohonyn *nhw*?'

'Ie, un o'r cythreulied sy'n rhedeg y wlad 'ma, y rhai sy'n gwneud cyfreithie i'n siort ni. Ond maen nhw'u hunen tu allan i'r gyfreth. Fe allan nhw 'neud fel y mynnon nhw—lladd, dwyn, cam-drin—unrhyw beth heb ofni y bydd neb yn 'u galw nhw i gyfri byth.'

'Na, nid un ohonyn nhw ydw i,' meddai Twm yn chwerw.

Bu'r ddau yn cnoi'n ddistaw am dipyn.

'Dyw hi ddim yn bosib mai un ohonon *ni* wyt ti?' gofynnodd y dyn carpiog wedyn.

'Ni?'

'Ie. Ni—y rhai sy'n gwrthod plygu i'r drefn a'r gyfreth. Y rhai sy'n barod i ymladd yn erbyn 'u hawdurdod nhw. Gyda llaw, dwyt ti ddim wedi dweud dy enw . . .?'

'Twm. Twm Siôn Cati mae pawb yn 'y ngalw i.'

'Ga' i ofyn i ble'r wyt ti'n teithio?'

'I Dregaron. Ond does gen i ddim syniad faint o ffordd sy' eto.'

'O fyddi di fawr o dro 'fory os bydd y ffordd yn glir.'

'Fydd hi ddim mae'n debyg. Wyt ti'n teithio i'r un cyfeiriad?'

'Fi?' Chwarddodd y dyn carpiog. 'Rwy' i fel y cadno, neu fel y gwynt 'na sy'n chwythu tu allan—does dim dal i ba gyfeiriad y bydda' i'n mynd.'

'Lleidr pen ffordd wyt ti?' gofynnodd Twm.

Fflachiodd llygaid Wil Siencyn yng ngolau'r tân.

'Roeddwn i unwaith yn berchen tyddyn bach yn sir Benfro. Roedd gen i hanner cant o ddefaid yn pori ar y mynydd . . . ond twt—does gen ti ddim diddordeb yn fy stori i.'

'Fe garwn i glywed,' meddai Twm.

'Wel, un gwanwyn fe golles i ddeuddeg o ddefaid mewn un noson. Fe'u cefes i nhw ar y mynydd wedi'u hanafu. Roedd pedair yn farw pan weles i nhw gynta', ac fe fu'r lleill farw yn fuan wedyn. Roedden nhw wedi ca'l 'u hanafu gan gi. Y noson wedyn fe golles i bump arall. Y drydedd noson fe benderfynes i aros ar y mynydd i warchod y defaid. Fe fues i yno drwy'r nos, ond ar y bore fe weles i fytheiad y Plas yn lladd dafad o fla'n fy llyged i. Fe redes ar 'i ôl e' ond fe ddihangodd arna' i. Fe es i'n syth i'r Plas i ofyn i'r Sgweier ddinistrio'r ci. Ond fe wnaeth sbort am 'y mhen i. Pan o'n i'n mynd tua thre, yn rhyfedd iawn, fe gwrddes â'r ci'n dod i fyny'r lôn. Roeddwn i'n teimlo mor ddig— fe'i trawes e' â charreg fawr o'r clawdd. Fe gwympodd i'r llawr. Wedyn fe godes y garreg sawl gwaith a'i daro fe. Wedyn fe es tua thre a'i adel e' yn y man—yn farw. Wnes i ddim ond ceisio diogelu'r defaid. Ond fe fu'n ddigon i fi ga'l dwy flynedd yng ngharchar Caerfyrddin. Pan ges i ddod yn rhydd roedd fy ngwraig wedi marw . . . rwy'n meddwl mai marw o newyn 'na'th hi. Rwyt ti'n ifanc, Twm Siôn Cati, ac rwy'n gobeithio na weli di byth mo'r tu mewn i garchar. Roedd mame a phlant bach diniwed 'no yn gymysg â phob math o ddihirod.

'Roedden ni'n bentwr ar benne'n gily', yn brin o fwyd, heb le

53

i symud bron . . . roedden nhw'n marw o newyn neu o glefyd . . . roedd y lle'n llawn o bob bryntni. A phan ddes i allan a cha'l fod y wraig wedi marw, fe ddigwyddodd rhywbeth tu mewn i mi. Doedd dim byd yn cyfri ond dial!'

Gwrandawai Twm yn astud ar ei stori ryfedd. Ac eto nid oedd mor rhyfedd â hynny. Onid oedd bron yr un peth wedi digwydd iddo yntau?

'Un o fechgyn y ffordd fawr rwy' i wedi bod er hynny,' meddai Wil Siencyn wedyn, 'a phob tro y gwela' i ŵr bonheddig rwy'n ymosod arno os bydd cyfle. Rwy' i wedi dwyn oddi arnyn nhw fwy na gwerth y defaid, ond dydyn nhw ddim wedi talu 'nôl am y ddwy flynedd yng ngharchar Caerfyrddin nac am farwolaeth fy ngwraig. Fyddan nhw'n hir cyn byddan nhw wedi talu'r ddyled yn llawn.'

Gorffennodd Twm ei swper sych. Plygodd Wil Siencyn i roi darn arall o bren ar y tân.

'Weli di'r pwrs yma?' meddai Wil. 'Ddoe ddiwetha' y dygais i hwn oddi ar ŵr bonheddig ar y ffordd yn ymyl Tregaron. O roedd e'n fonheddwr gwych iawn ar gefn ei geffyl, ond roedd golwg go welw arno fe pan welodd e' fi'n codi o'r clawdd â'r pistol yn fy llaw—o oedd. Roedd e'n falch o'r cyfle i roi 'i bwrs arian i fi.'

Yna dywedodd Twm ei hanes yntau, a bu'r ddau yn sgwrsio'n hir. Tu allan yr oedd hi wedi stopio bwrw eira a daethai'r lleuad allan i edrych i lawr ar fyd gwyn.

Cyn mynd i gysgu'r noson honno yr oedd Twm Siôn Cati a Wil Siencyn wedi dod i ddeall ei gilydd yn well.

Twm oedd y cyntaf i ddihuno fore trannoeth. Roedd ei gorff yn brifo ar ôl cysgu ar lawr caled yr ogof, a theimlai'n oer, gan fod y tân wedi diffodd yn ystod y nos. Aeth allan i enau'r ogof a gwelodd er ei syndod ei bod yn bwrw glaw yn drwm. Gwelodd hefyd fod llawer o'r eira wedi clirio.

Trodd i weld Wil Siencyn yn sefyll yn ei ymyl.

'Bore da, Twm,' meddai hwnnw. 'A! Rwy'n gweld fod yr eira wedi cilio. Fe elli di fynd i Dregaron wedi'r cyfan.'

'Gallaf, ond fe ga' i wlychfa ar y ffordd mae'n debyg. Wyt ti wedi penderfynu i ba gyfeiriad yr wyt ti'n mynd?'

'Does dim llawer o wahaniaeth. Ddo' i ddim i Dregaron gyda thi beth bynnag . . . ond mi ddo' i ran o'r ffordd gyda thi. Mae dou bar o ddwylo'n well nag un yn amal ar y ffordd unig rhyngon ni a Thregaron. Gyda llaw, oes gen ti ddigon o ffydd i roi'r pistol a'r dagr 'na 'nôl i fi nawr?'

Chwarddodd Twm, ac estynnodd y ddau arf i Wil.

'Mae'n debyg fod mwy o'u hangen nhw arnat ti na fi,' meddai.

'Falle bydd 'u hangen nhw arnat tithe hefyd un o'r dyddie 'ma, Twm bach,' meddai Wil.

PENNOD VIII

Cerddai Twm Siôn Cati a Wil Siencyn yn gyflym ar hyd y ffordd i gyfeiriad Tregaron. Erbyn hyn ciliasai'r glaw a daethai'r haul allan.

'Mae'n dda gweld yr haul,' meddai Wil, 'ac mae'n dda fod y gwynt yn chwythu'n weddol gryf. Fe fyddwn ni'n sych cyn bo hir, gei di weld.'

'Dwy' i ddim yn meddwl y bydda' i'n sych byth 'to, ar ôl yr holl law 'na sy' wedi mynd trwy 'nillad i,' meddai Twm.

'Fe ddylet ti wisgo hen garpie fel fi, Twm bach,' meddai Wil.

'I beth?'

'Wel, maen nhw'n sychu'n gynt o lawer.'

Chwarddodd y ddau.

'Mae croesffordd rhyw ddwy filltir o'r fan yma,' meddai Wil ymhen tipyn. 'Mi fydda' i'n troi i'r dde yn y fan honno. Mae arna' i awydd gweld tre Caerfyrddin unwaith 'to. Dwed, Twm— oes rhaid i ti fynd i Dregaron?'

'Wel, fe adawson ni rai defaid ar ôl. Fe garwn i weld a oes modd 'u gwerthu nhw neu rywbeth. Dwy' i ddim yn fodlon i'r Sgweier 'u ca'l nhw—does ganddo fe ddim hawl arnyn nhw o gwbwl.'

Chwarddodd Wil Siencyn yn uchel.

'Twm bach, rwyt ti'n ifanc 'to, mae'n amlwg. 'Y machgen gwyn i, wyt ti'n meddwl nad yw'r Sgweier ddim wedi perchnogi dy ddefed di'n barod? Paid â bod yn ffŵl, Twm—gad iddyn nhw'n llonydd. Fe gei di dy gyfle i ga'l gwerth dy ddefed 'nôl 'to, os doi di gyda fi.'

'Na, does arna' i ddim awydd bod yn lleidr pen ffordd. Yr unig beth rwy'n ofyn yw ca'l yr hyn sy'n perthyn i fi—a fi biau'r defed.'

Fflachiodd llygaid Wil Siencyn.

'Wyt ti'n meddwl 'mod i am fod yn lleidr pen ffordd? O, na! Roeddwn i'n hapusach o lawer yn ffarmio yn sir Benfro, Twm, ond . . . Diawch!'

'Be' sy'?' meddai Twm.

Yr eiliad honno daeth pedwar dyn ar gefn ceffylau i'r golwg dros y bryn o'u blaenau. Cerddai'r ddau ar draws hen ros agored, ac nid oedd lle i gilio i un man. Yr oedd y pedwar marchog wedi eu gweld yn barod, ac wedi sbarduno'u ceffylau.

'Twm!' meddai Wil Siencyn yn wyllt, 'Rwyt ti'n ifanc, ac mae'n bosib y gall dy goese di dy gario di o'u gafel nhw, ond dwy' i ddim mor ystwyth . . . felly does dim amdani ond aros ac ymladd.'

'Ond pam?' gofynnodd Twm yn ddryslyd. 'Pwy ydyn nhw?'

'Dwy' i ddim yn siŵr 'to. Ond mae pob dyn yn elyn i mi. Gwell i ti fynd.'

'Ond i ble'r a' i?' gofynnodd Twm wedyn. 'A pheth arall, dwy' i ddim yn mynd i redeg o ffordd neb.'

'Wel, gad i ni gerdded ymla'n, falle'r ân nhw heibo heb gymryd dim sylw ohonon ni.'

Cerddodd y ddau gydag ymyl y ffordd. Cyn pen fawr amser yr oedd y pedwar marchog yn eu hymyl. Dau ŵr bonheddig a dau was oeddynt, a barnu oddi wrth eu dillad.

'Myn asgwrn i!' meddai Wil Siencyn dan ei anadl.

'Be' sy'?' gofynnodd Twm.

'Dyma'r gŵr bonheddig y dyges i'r pwrs arian oddi wrtho fe.'

'Wyt ti'n meddwl 'i fod e'n dy 'nabod di?'

Ond cyn i Wil gael amser i ateb, yr oedd y marchogion ar eu pennau.

'Wo-ho!' gwaeddodd y blaena' ohonynt.

Safodd Twm a Wil hefyd.

Edrychodd Twm i lygaid y gŵr bonheddig blaenaf. Wyneb tywyll a gwallt du, cyrliog oedd ganddo. Yr oedd y bonheddwr arall yn hollol wahanol. Wyneb coch, bachgennaidd a gwallt golau a'i gorff yn rhy dew o lawer. Y dyn tywyll a siaradodd gyntaf.

'Dyna fe!' gwaeddodd, gan bwyntio â'i fys at Wil Siencyn.
'Dyma'r lleidr . . . rwy'n 'i 'nabod e'n iawn!'

'Ha!' meddai'r gŵr bonheddig pryd golau, gan ddwyn ei
geffyl yn nes. Aeth y ddau was o'r tu cefn i Twm a Wil. Yna
digwyddodd pethau'n sydyn iawn. Trodd Twm ei ben i weld
llaw-ddryll Wil yn dod allan o dan ei got garpiog.

'Cadwch draw, foneddigion, os ŷch chi'n parchu'ch bywyd!'
gwaeddodd Wil. Ond yr oedd y ddau ŵr bonheddig yn closio
ato. Anelodd Wil at y blaenaf ohonynt.

Caeodd Twm ei lygaid wrth ddisgwyl sŵn yr ergyd. Ond ni
ddaeth. Yn sydyn, yr oedd Wil yn gorwedd ar y llawr wrth ei
draed, yn hollol ddiymadferth. Yr oedd un o'r gweision wedi ei
daro o'r tu ôl. Gwenai'r gŵr bonheddig pryd tywyll i lawr arno
o gefn ei geffyl, ac yn awr yr oedd pistol yn ei law yntau hefyd.

'Da iawn, Dic,' meddai wrth y gwas, 'ond roist ti ddim digon
iddo.'

Anelodd y pistol at gorff Wil ar y llawr. Ond cyn iddo danio
yr oedd Twm wedi rhoi un naid at ben y ceffyl. Gwylltiodd
hwnnw a chodi i fyny'n syth ar ei draed ôl. Clywodd Twm sŵn
yr ergyd a gwelodd y fflam o enau'r pistol—a dyna'r cyfan. Yr
eiliad nesaf disgynnodd rhywbeth trwm ar ei ben ac aeth yn nos
sydyn arno.

*   *   *

Fe deimlai Twm ei fod yn gorwedd ar waelod rhyw bydew
dwfn, tywyll yn rhywle, a cheisiai ei orau i ddringo allan ohono.
Ond yr oedd hi'n anodd, gan na allai roi ei feddwl ar ei waith
rywfodd—ac yr oedd hi mor dywyll.

Clywai sŵn yn rhywle—sŵn morthwyl yn taro haearn, a
chyda phob ergyd, fe âi brath o boen trwy ei ymennydd. Ai yn ei
ben yr oedd y cnocio? Fe geisiodd agor ei lygaid ond ni allai.

Suddodd yn ôl i waelod y pydew tywyll unwaith eto, ac aeth
sŵn y morthwyl ymhell, bell.

Aeth amser heibio. Yna meddyliodd ei fod yn clywed sŵn

siarad. Fe geisiodd agor ei lygaid unwaith eto, a'r tro yma fe lwyddodd. Ond bu'n edifar ganddo, oherwydd fe ddaeth y cur yn ei ben yn ôl yn waeth o lawer na chynt. Caeodd ei lygaid drachefn a gorweddodd yn ôl i wrando. Yr oedd sŵn y morthwyl wedi tewi. Ond pwy oedd yn siarad? Yr oedd yna ddau lais, ac fe swniai un ohonynt yn gyfarwydd i Twm. Oedd, yr oedd wedi clywed hwnnw o'r blaen. Clustfeiniodd.

'Does ganddyn nhw ddim byd i brofi. Dyw'r ffaith 'u bod nhw wedi 'i weld e'n teithio gyda lleidr pen ffordd ddim yn profi 'i fod e' wedi troi'n lleidr 'i hunan. Falle mai digwydd cwrdd â'r dyn 'na'th e'.'

Guto'r Gof! Adnabu Twm y llais mawr ar unwaith. Ond sut yn y byd . . .? Yna torrodd chwerthin cras ar ei glustiau.

'Digwydd cwrdd ag e', wir! Adar o'r unlliw hedant i'r unlle, Guto. Mae'r hen ddywediad yn eitha' gwir i ti. A pheth arall, fe dreiodd amddiffyn y lleidr.'

Roedd Twm wedi clywed y llais yma o'r blaen hefyd, ond ni allai feddwl ar y funud pwy oedd ei berchen.

'Ond rwy'n 'nabod Twm—rwy' i wedi gweld 'i fagu fe.'

'Un gwyllt fuodd e' erio'd, mae'n rhaid i ti gyfadde'. Dyma beth own i'n ddisgwl, a dweud y gwir wrthot ti.'

Yna llais y Gof wedyn.

'Dŷn nhw ddim wedi 'i ladd e', ydyn nhw?'

'Na, ddim 'to beth bynnag.'

'Wn i ddim, wir, mae e'n gorwedd yn ddistaw iawn fan'na, ac mae e'n edrych yn welw iawn.'

Chwerthin cras wedyn.

'Ddaw e' ddim ato'i hunan am dro mae'n debyg. Mae'r ergyd 'na ar 'i ben e' yn mynd i' gadw fe'n dawel am dipyn 'to.'

'A beth am y llall? Mae e'n edrych yn waeth os rhywbeth. Wyt ti'n meddwl 'i fod e'n mynd i fyw i ddod o fla'n 'i well?'

'Ydy,' meddai'r llais cras, 'mae'n rhyfedd am ladron pen ffordd, dim ond y rhaff sy'n gallu cael gwared arnyn nhw.'

'Wel,' meddai'r Gof, 'mae'r clo'n ddiogel nawr beth bynnag. Er 'mod i'n ame a oedd eisie'r holl ofal 'ma. Does dim un o'r

59

ddou yn edrych fel pe bydden nhw'n mynd i ddianc. Wel, dyma'r allwedd i ti, Ifan. Mae'r drws wedi'i gloi.'

'Diolch. Wel, mae'n well i fi fynd rhag ofn fod ar y gwŷr byddigion eisie rhywbeth. Wyt ti'n barod i ddod nawr?'

'Dim ond clirio tipyn o'r annibendod 'ma a cha'l yr offer at 'i gilydd, ac mi fydda' i'n mynd tua thre.'

'O wel, mi a' i 'te.'

Sŵn traed yn mynd i fyny'r grisiau cerrig ac yn distewi. Gwyddai Twm erbyn hyn mai Ifan yr Osler oedd perchen y llais a'r chwerthin cras. Ond sut . . .? Ni allai ei feddwl poenus ddatrys y broblem.

Clywai Guto'r Gof yn mwmian rhyw bwt o hen gân wrth gasglu ei offer at ei gilydd. Agorodd ei lygaid a gwelodd lusern ar y llawr. Gwelai gysgod anferth y Gof ar y mur gyferbyn, a gwelodd fod drws â barrau haearn mawr rhyngddo a'i hen gyfaill. Ceisiodd godi oddi ar y llawr, ond deallodd ar unwaith ei fod wedi ei glymu law a throed. Aeth poen fel fflam trwy ei ben a daeth ochenaid hir o'i enau.

'Twm! Twm! Wyt ti'n fyw?'

Gwnaeth Twm un ymdrech arall, a chododd ar ei eistedd. Cododd y Gof y llusern o'r llawr a'i dal uwch ei ben. Am ennyd bu'r ddau yn edrych ar ei gilydd.

'Ymhle'r ydw i?' gofynnodd Twm o'r diwedd.

'Wyddost ti ddim? Rwyt ti yn seler y Dolau, Twm bach. Beth wyt ti'n 'i 'neud gyda lladron pen ffordd, Twm?'

Edrychodd Twm i'r gornel arall o'r seler a gwelodd Wil Siencyn yn gorwedd yno'n hollol lonydd. Yna, mewn ychydig frawddegau dywedodd yr hanes i gyd wrth y Gof. Ar ôl iddo ddweud y stori'n fras gofynnodd,

'Ond sut yn y byd y daethon nhw â ni i'r Dolau?'

'Wel, mae Mr. John Dunn yn gyfaill i Syr Anthony.'

'Pwy yw John Dunn?' gofynnodd Twm.

'Y gŵr bonheddig a gollodd y pwrs arian, Twm. Ar 'i ffordd i weld Syr Anthony yr oedd e' pan ymosododd y cyfaill 'ma arno fe. Mae e' a rhyw ffrind arall iddo wedi dod 'ma i fynd â'r gaseg i Lunden dros Syr Anthony, wyt ti'n gweld.'

'Dart?'

'Ie. Rwyt ti'n gwbod 'i bod hi'n mynd 'i ga'l 'i gwerthu? Wel, pan ddaeth yr eira echnos, fe benderfynon fynd ma's yn y bore trannoeth i edrych a allen nhw weld ôl y lleidr yn yr eira. Wydden nhw ddim pryd hynny y bydde hi'n dadmer mor gloi. Ond beth bynnag, fe ddalwd y lleidr—a thithe gydag e'.'

'Beth sy'n mynd i ddigwydd i ni?'

'Rwy'n deall eich bod chi i gael eich symud i Lambed bore 'fory. Wedyn fe fyddwch chi'n dod o fla'n eich gwell.'

'O fla'n Syr Tomos Llwyd?'

'Ie, mae'n debyg.'

'A beth wedyn?'

'Wel, Twm bach, dyn caled yw Syr Tomos, ac mae gormod o ladron pen ffordd o lawer ar yr hewlydd y dyddie hyn; mae'n debyg y bydd cosb go galed yn eich disgwl chi.'

'Ond Guto! Dydw i ddim wedi g'neud dim byd!'

Bu distawrwydd am ennyd.

'Wel, rwyt ti wedi ceisio amddiffyn hwn,' meddai'r Gof, gan bwyntio at Wil Siencyn ar y llawr.

'Ond allwn i ddim gadael i'r . . . i'r gŵr bonheddig 'na 'i saethu fe, ac ynte'n gorwedd fan'ny!'

Daeth ochenaid oddi wrth y dyn ar y llawr.

'Mae e'n dod ato'i hunan!' meddai'r Gof. 'Mae'n ddrwg calon gen i dy weld di yn y cyflwr 'ma, Twm bach. Feddylies i ddim y bydde'r hen of yn gyfrifol am dy roi di dan glo. Dyna beth wy' i'n 'i 'neud fan hyn—rhoi clo saff ar yr hen seler 'ma.'

Yn sydyn clywodd y ddau sŵn traed, a daeth gwaedd o ben y grisiau.

'Rhaid i fi fynd, 'machgen i. Oes rhywbeth . . . y . . . galla' i 'neud?'

'Beth am agor y drws 'ma?'

'Rwyt ti'n gwbod yn iawn na alla' i ddim gwneud hynny. Mae'r allwedd gan Ifan yr Osler beth bynnag.'

'Wel, beth am gael tipyn o fwyd i ni? Wnâi hi ddim mo'r tro i ni farw o newyn cyn i Syr Tomos gael cyfle arnon ni.'

'Guto! Ble'r wyt ti, Guto?'

'Rhaid i fi fynd, Twm bach. Fe ddweda' i wrthyn nhw am hala bwyd i chi. Mae'n ddrwg gen i na alla' i ddim gwneud rhagor.'

Clywodd Twm sŵn traed y Gof yn mynd i fyny'r grisiau ac yna bu distawrwydd llethol yn y seler.

Ymhen tipyn dechreuodd ei lusgo'i hunan ar draws y seler at y fan lle gorweddai Wil Siencyn. Yr oedd hi'n dywyll fel y fagddu.

'Wil!' Dim ateb.

'Wil!' Daeth ochenaid hir o enau'r dyn ar y llawr.

'Twm . . . O . . . 'mhen i! . . . Twm . . . mae'n dywyll yn yr ogof 'ma. Ydy'r tân wedi mynd ma's?'

Yr oedd Wil wedi drysu, a chredai ei fod yn ôl yn yr ogof lle cyfarfu Twm ag ef.

'Nid yn yr ogof ŷn ni,' meddai Twm, ond nid atebodd Wil y tro hwn.

Gadawodd Twm lonydd iddo a phwysodd ei gefn ar wal laith y seler. Aeth amser heibio. Yr oedd ei geg mor sych â'r sglodyn a'i ben yn brifo o hyd. Roedden nhw'n hir yn dod â'r bwyd. A oedd y Gof wedi cofio dweud wrthyn nhw? Dechreuodd Twm feddwl am lawer o bethau—am ei fam yn Llanymddyfri, am yr hen Sgweier, ac am y gaseg ddu.

Bwyd. Ble'r oedd y bwyd cy'd cyn dod?

Yn araf llithrodd ei gorff i'r gwellt ar lawr y seler, a chysgodd.

PENNOD IX

Dihunodd Twm yn sydyn. Agorodd ei lygaid ond ni allai weld dim. Clustfeiniodd. Clywodd sŵn cyffro yn y gwellt yn ei ymyl. A oedd Wil ar ddihun? Yna clywodd sŵn arall. Sŵn drws yn cael ei agor yn ofalus, a daeth llygedyn o olau gwan i mewn i'r seler o rywle uwchben.

'Wil!' Ni ddaeth yr un ateb oddi wrth yr hen leidr pen ffordd, ond clywodd Twm ef yn rhoi un anadliad hir—ac yna distawrwydd. Beth oedd yn bod ar Wil? A oedd wedi ei frifo'n waeth nag ef ei hun?

Daeth y golau'n gryfach. A oedd yr amser wedi dod i fynd i Lambed? Clywodd sŵn traed yn dod i lawr yn araf dros y grisiau. Daeth rhywun at ddrws y seler, ond yr oedd hi'n rhy dywyll i Twm weld pwy oedd yno.

'Twm!' sibrydodd rhywun.

'Pwy sy' 'na?' gofynnodd Twm yn uchel.

'Sh! Fi sy' 'ma, Guto'r Gof.'

'Guto! Be' sy'? Ble mae'r bwyd?'

'Paid â sôn am fwyd nawr, Twm bach.'

'Ond rwy' i wedi bod ddiwrnod cyfan heb fwyd na dŵr i' yfed . . .!'

'Mae'n ddrwg gen i—ddwedes i wrthyn nhw . . . ond gwrando—does dim amser i'w golli . . . fe fethes i gysgu dim neithiwr—yn meddwl amdanat ti . . . a rwy' i wedi bod yn yr efel cyn dydd y bore 'ma yn gwneud allwedd i agor y drws 'ma . . . mae hi gen i fan hyn. Wn i ddim a ydy hi'n mynd i ffito neu beidio—gwneud hon o 'nghof 'nes i.'

'Diolch o galon, Guto. Wel beth am agor y drws? Faint o'r gloch yw hi?'

'Mae'n tynnu am wyth o'r gloch—mae hi wedi dyddio. Ond doedd neb lawer o gwmpas pan gyrhaeddes i. Roedd e' Ifan yr

63

Osler yn brysur yn paratoi'r ceffyle i'r gwŷr byddigion. Maen nhw i gyd yn golygu'ch hebrwng chi i Lambed mae'n debyg. A . . . mae'r gaseg ddu'n mynd y bore 'ma hefyd.'

'O. Wel beth am agor y drws 'ma, Guto?'

'Mae'n rhaid i ti addo un peth i fi'n gynta, Twm.'

'Wel?'

'Mae'n rhaid i ti addo nad wyt ti ddim yn ceisio mynd â'r dyn arall 'ma gyda ti.'

'O! Ond pam, Guto?'

'Wel mae e' wedi'i brofi'n lleidir, Twm, a dwy' i ddim yn mynd i helpu lleidir pen ffordd i ddianc.'

Bu distawrwydd am eiliad. Yna dywedodd Twm yn dawel.

'Af fi ddim hebddo fe, Guto.'

'Ond y ffŵl gwirion! Oni bai amdano fe, fyddet ti ddim yn y cyflwr 'ma.'

'Oni bai 'i fod e' wedi ca'l 'i gam-drin, Guto, fydde ynte ddim yn lleidir chwaith. Pe bydde fe wedi ca'l whare teg, fydde fe'n ffarmo tyddyn bach yn sir Benfro'r funud 'ma.'

'O'r arswyd! Wn i ddim beth i' 'neud. Mi fydda' i'n siŵr o ddod i drwbwl mowr o dy achos di, Twm Siôn Cati. Os daw rhywun i wbod . . . ond 'na fe . . . gad i fi weld a all yr allwedd 'ma agor y drws yn gynta'. Rhyngoch chi a'ch busnes fydd hi wedyn, cofiwch. Dwy' i ddim yn meddwl am funud y gallwch chi fynd ymhell iawn; ond beth bynnag, fydda' i wedi g'neud 'y ngore . . . a falle y byddaf i'n gallu cysgu heno. Er mwyn dy fam, Twm.'

A chyda'r gair rhoddodd yr allwedd yn y clo. Clywodd Twm ei ddannedd yn rhincian wrth afael yn y pâr—yna clic. Oedd, yr oedd y drws ar agor.

'Hy!' meddai'r Gof. 'Roeddwn i'n hanner gobeitho na fydde hi ddim yn ffito. Wel, rwy' i'n mynd. Lwc dda i chi, Twm bach.'

'Ond, Guto!'

'Ie.'

'Y rhafau 'ma . . . allwn ni ddim symud . . .'

Agorodd y Gof y drws ac aeth i mewn i'r gell. Tynnodd gyllell o'i boced a thorrodd y cortynnau a ddaliai Twm.

'Diolch byth!' meddai Twm gan ddechrau rhwbio'i freichiau a'i goesau poenus. Ond yr oedd y Gof yn plygu dros Wil Siencyn. Cerddodd Twm o gwmpas ei gell i ystwytho'i goesau. Yna clywodd y Gof yn dweud rhywbeth dan ei anadl.

'Twm,' meddai'r Gof yn dawel, gan godi ar ei draed, 'fydd dim eisie rhyddhau dy ffrind wedi'r cyfan.'

'Dim eisie . . . ond . . .'

'Mae e' wedi mynd yn rhydd cyn i fi gyrraedd, Twm bach . . . mae e' wedi marw!'

'Wedi marw! Ond Guto mae hynny'n amhosib. Fe'i clywes i e'n symud funud 'nôl!'

Plygodd Twm dros y corff ar y llawr. Rhoddodd ei law o dan y carpiau ac ar galon Wil Siencyn. Pan gododd ar ei draed gwyddai na welai Wil ddim mo'r ffordd fawr na'r tyddyn yn sir Benfro byth mwy.

'Ond sut . . .?' gofynnodd Twm yn ddryslyd.

'Mae'n debyg iddo ga'l 'i frifo'n wa'th na ti, Twm. Fe ddwedodd Ifan yr Osler fod Mr. Dunn wedi gadel i'r ceffyl gerdded drosto pan oedd e'n gorwedd ar y llawr . . .'

'Y dyhirod!' meddai Twm mewn llais mor chwerw a dierth nes gwneud i'r Gof deimlo'n anesmwyth.

'Beth ddaw ohonot ti, Twm Siôn Cati?' meddai. 'Wel, rwy'n mynd cyn dôn nhw i edrych amdanat ti.'

'Diolch, Guto . . . anghofia' i ddim.'

Ond yr oedd y Gof yn dringo'r grisiau.

Gadawodd Twm iddo gael tipyn o flaen arno, yna aeth yntau hefyd i gyfeiriad y grisiau.

Pan ddaeth allan i olau dydd gwyddai yn union ymhle'r oedd. Gwelodd ei bod yn fore tywyll cymylog, a rhaid ei bod wedi bwrw glaw trwm yn ystod y nos, oherwydd yr oedd clos eang y Dolau yn wlyb.

Safai yn awr yn ymyl drws cefn y Plas, a gwyddai ei bod hi'n beryglus yno. Fe allai un o'r gweision neu'r morynion ddod allan drwyddo unrhyw funud.

Sylweddolodd yn sydyn ei fod wedi penderfynu ers amser

beth i'w wneud. Rhaid bod y cynllun wedi bod yng nghefn ei feddwl er pan ddeallodd fod y Gof yn mynd i'w ryddhau, a chyn hynny.

Y cam cyntaf oedd cyrraedd y stablau cyn i neb ei weld. Wedyn cael y gaseg ddu odano a'r ffordd fawr yn glir o'i flaen, a gwyddai na ddaliai neb mohono.

Ond gwyddai hefyd fod pob math o rwystrau rhyngddo a'i ryddid. Arhosodd yno funud mewn dau feddwl, gan gadw llygad ar ddrysau'r stablau ymhen draw'r clos. Nid oedd sôn am neb yn symud, ac eto fe allai fod tri neu bedwar o'r gweision yn edrych ar ôl y ceffylau.

Yna rhedodd fel milgi ar draws y clôs gan ddisgwyl clywed swn gweiddi tu ôl iddo bob eiliad. Ond cyrhaeddodd y stablau heb dynnu sylw neb. Safodd am funud wrth y mur i gael ei wynt ato, yna sleifiodd i mewn trwy un o'r drysau.

Daeth sawr y ceffylau i'w ffroenau a theimlodd yn fwy cartrefol rywfodd.

Er mawr syndod iddo gwelodd nad oedd neb yn y stablau. Rhaid bod pawb ar frecwast yn y Plas.

Aeth drwy'r stabl ac yna—gwelodd y gaseg ddu! Troes y gaseg ei phen pan glywodd swn ei draed. Edrychodd arno am eiliad—yna gweryrodd yn isel. Yr oedd hi wedi ei adnabod! Rhoddodd Twm ei law ar ei thrwyn melfed.

Ond nid oedd amser i'w wastraffu. Gwelodd Twm fod ei chyfrwy wedi ei osod yn barod yn ei hymyl.

Yr oedd hi'n mynd i fod yn weddol hawdd dianc wedi'r cyfan.

Ond yn sydyn clywodd floedd o gyfeiriad y Plas. Gwyddai ar unwaith beth oedd wedi digwydd. Yr oedd rhywun wedi mynd i lawr i'r seler a chael ei fod wedi dianc.

Taflodd y cyfrwy'n frysiog ar gefn y gaseg. Clywodd swn rhagor o leisiau cynhyrfus tu allan. Wedi sicrhau'r cyfrwy a rhoi ffrwyn am ben y gaseg, neidiodd ar ei chefn, a tharo'i ben yn nho'r stabl yr un pryd. Yna troes ben y gaseg am y drws, gan orwedd ar ei gwar rhag taro'i ben unwaith eto.

Pan ddaeth allan o'r stabl gwelodd fod pedwar neu bump o ddynion yn dod yn frysiog tuag ato. Syr Anthony, John Dunn a'r gŵr bonheddig wyneb coch. Gwaeddodd pawb gyda'i gilydd pan welsant y gaseg yn dod allan drwy'r drws.

Gwasgodd Twm ystlysau'r gaseg ddu â'i sodlau. Rhoes hithau naid ymlaen.

'O'r ffordd!' gwaeddodd Twm ar dop ei lais. Ond daliodd y gŵr bonheddig eu tir. Am un eiliad meddyliodd Twm y byddai'n rhaid i'r gaseg eu taro i lawr. Yna agorodd llwybr o'i flaen. Wrth ruthro heibio gwelodd wyneb Syr Anthony yn goch gan ddigofaint.

'Daliwch e'!' gwaeddodd hwnnw.

Yn awr yr oedd y gaseg yn mynd am fwlch y clos. Ond yr oedd y glwyd ynghau. Taniodd rhywun bistol o'r tu ôl iddo, ond y funud nesaf yr oedd y gaseg yn mynd dros y glwyd fel gwennol. Yna yr oedd hi'n rhedeg i lawr y lôn tua'r ffordd fawr.

Clywodd Twm sŵn pistol arall yn tanio, ond yn fuan, yr oedd wedi mynd yn rhy bell i glywed sŵn y bloeddio hyd yn oed.

Cyn bo hir yr oedd y gaseg yn carlamu drwy'r dre; heibio i'r eglwys—ac yna heibio i'r efail.

Safai'r Gof y tu allan yn ei ffedog ledr a morthwyl mawr yn ei law. Yn ei ymyl safai Wat Aberdeuddwr, hen ffermwr caredig â'i dir yn ffinio â thir Bryn Glas. Ond prin y cafodd Twm gyfle i weld y ddau'n iawn. Cododd ei law arnynt ac yna yr oedd wedi carlamu heibio.

Ond wrth wibio heibio, sylwodd fod gwên ar wyneb yr hen of.

Ar ôl iddo fynd o'r golwg heibio i'r tro, trodd Wat at Guto'r Gof. (Un araf ei feddwl oedd yr hen Wat.)

'Diawcs-i'r Gof, roedd hwnna'n mynd yn fain! Un o'r gwŷr byddigion sy' tua'r Plas 'na gwlei?'

'Na, dwy' i ddim yn meddwl, Watcyn.'

'Nage fe! Fachgen, fe allwn i dyngu mai caseg y Plas oedd honna, ond mae dy lyged di'n well na'n rhai i. Ond rown i'n meddwl falle mae'r gaseg oedd hi; ond cofia—dim ond 'i chwt

hi weles i—roedd hi wedi mynd o'r golwg cyn i fi ga'l amser i'
gweld hi'n iawn.'

'Rwyt ti'n reit, Watcyn—caseg y Plas oedd hi.'

'Ond nawr ddwedest ti . . .'

'Caseg y Plas, ond nid un o'r gwŷr byddigion oedd ar 'i
chefen hi.'

'O? Pwy 'te?'

'Twm Siôn Cati.'

'Twm! Ond o'n i'n meddwl fod Twm tua Llanddyfri 'na
rywle? Ydy e' wedi dod 'nôl 'te?'

'Mae e' wedi dod 'nôl . . . a . . . wedi mynd 'to, Watcyn.'

Ysgydwodd yr hen Wat ei ben yn ddryslyd, ac aeth y ddau yn
ôl i'r Efail.

Prin yr oeddynt wedi mynd i mewn pan glywsant sŵn carnau
ceffylau yn dod i lawr y ffordd. Edrychodd y Gof allan drwy'r
ffenestr a gwelodd bump o wŷr ar gefn ceffylau yn carlamu
heibio.

'Wel, wel,' meddai Wat, 'oes hela neu rywbeth ymla'n heddi'
'te?' Chwarddodd y Gof.

'Oes, mae'n debyg, ond mae'n amheus gen i a ydyn nhw'n
mynd i ddala dim byd heddiw.'

PENNOD X

Dechreuai nosi, ac yn hen dafarn yr Afr, ychydig filltiroedd o dref Henffordd yr oedd y forwyn yn trwsio'r canhwyllau yn y gegin fawr.

Llosgai tân coed braf yn y grat, ac wrth hwnnw eisteddai dyn tew, coch ei wyneb. Yn ei ymyl ar yr aelwyd gorweddai ci blewog, mawr â'i lygaid ynghau.

Yn sydyn cododd y ci ei ben a gwrando.

Edrychodd y dyn tew ar y ci.

'Beth sy', Carlo?'

Yna clywodd yntau'r sŵn a glywsai'r ci, sef sŵn pedolau ceffyl yn nesáu at y dafarn ar hyd y ffordd fawr. Daeth y ceffyl yn nes, a dechreuodd y dyn mawr, coch anesmwytho. Rhoddodd ei law ym mhoced ei got frethyn anferth a throdd i wylio'r drws.

Aeth y forwyn allan trwy ddrws arall y gegin, i'r cefn.

Yn awr yr oedd y ceffyl yn ymyl y dafarn. A oedd yn mynd i arafu? Daliai'r dyn tew ei anadl.

Ond aeth y ceffyl heibio i'r dafarn ac ymlaen ar hyd y ffordd. Twm Siôn Cati oedd y marchog a aeth heibio i dafarn yr Afr y funud honno. Wedi marchogaeth drwy'r dydd ar gefn y gaseg ddu, yr oedd ef yn awr wedi blino'n llwyr. Yr oedd y gaseg hefyd wedi blino, a gwyddai Twm na allai ddisgwyl mynd lawer ymhellach y noson honno. Wrth fynd heibio i dafarn yr Afr gallai Twm weld y golau croesawus yn llifo allan drwy'r ffenestr. Meddyliodd am y tân cynnes a oedd y tu mewn, a'r croeso a'r bwyd. Ond nid oedd ganddo ond dwy geiniog yn ei boced, a gwyddai na fyddai hynny'n ddigon i brynu bwyd iddo ef a'r gaseg. Dyna pam yr aeth heibio i ddrws y dafarn. Ond wedi mynd rhyw ddau can llath newidiodd ei feddwl, a throes yn ôl.

69

Efallai y byddai'r tafarnwr yn fodlon rhoi tipyn a fara iddo ef ac ychydig wair i'r gaseg am ddwy geiniog. Beth bynnag yr oedd hi wedi nosi'n llwyr yn awr, ac yr oedd yn rhaid iddo gael lle i dreulio'r nos yn rhywle.

Daeth at ddrws y dafarn a disgynnodd i'r llawr. Clymodd y gaseg wrth fach yn ymyl y drws a cherddodd i mewn.

Am eiliad yr oedd golau'r gegin yn ormod i'w lygaid. Yna, gwelodd ddyn mawr, coch yn ymyl y tân, â'i law yn ei boced yn edrych yn wgus arno.

'Noswaith dda,' meddai Twm gan glosio at y tân.

Ni thynnodd y dyn tew ei lygaid oddi arno.

'Rwy' i wedi teithio 'mhell,' meddai Twm 'ac fe garwn gael tipyn o fara a chaws a thipyn o wair i'r gaseg . . .'

'Nid fi yw gŵr y tŷ,' meddai'r dyn tew. Erbyn hyn nid edrychai mor sarrug ar Twm. Yr oedd fel petai wedi ei fodloni ei hun nad oedd niwed yn y bachgen yma â'r olwg flinedig ar ei wyneb llwyd.

'O ble'r wyt ti wedi teithio heddi'?' gofynnodd.

'O sir Aberteifi . . .' meddai Twm yn ddifeddwl, ond y funud y daeth y geiriau o'i enau teimlai fel cnoi ei dafod.

Edrychodd y dyn tew mewn peth syndod arno.

'Rwyt ti wedi teithio 'mhell yn wir,' meddai.

'fich chi'n gwybod am sir Aberteifi?' gofynnodd Twm gan led obeithio y dywedai'r dyn tew nad oedd.

'Rwy' i wedi bod yno unwaith y flwyddyn ers yn agos i ugain mlynedd.'

Yn awr tro Twm oedd edrych yn syn.

'Porthmon ydw i,' meddai'r dyn tew, 'ac rwy'n mynd i sir Aberteifi i brynu gwartheg bob blwyddyn. Maen nhw'n magu gwartheg braf i lawr yn nyffryn Teifi 'na. Eistedd wrth y tân, rwyt ti'n edrych yn flinedig.'

'Na,' meddai Twm, 'mae'r gaseg wrth y drws, rhaid i mi ofalu amdani'n gynta'. Ble mae gŵr y tŷ?'

'Dyw e' ddim yma, gwaetha'r modd. Dim ond gwraig y tŷ a'r forwyn sy' o gwmpas y lle 'ma. Mae e' wedi mynd i

70

Gaer ddoe i gladdu ei fam, ac mae'n debyg na fydd e' ddim yn ôl tan nos yfory.'

'Pwy alla' i weld felly?' gofynnodd Twm.

'Dos di â'r gaseg i'r cefn. Mae'r stabl yn union o dy flaen di ar ôl i ti fynd heibio i dalcen y tŷ. Mae 'na ddigon o le iddi, ac mae 'na ddigon o wair.'

'Diolch,' meddai Twm, ac aeth am y drws.

'A thra bo ti yna, rho ddyrnaid o wair i 'ngheffyl inne 'nei di?'

'Gwna', wrth gwrs,' meddai Twm.

'O . . . y . . . un peth arall . . . cadw lygad am ryw ddieithried o gwmpas y lle 'nei di . . .'

'Pam? Be' sy'?'

'Gwell i ti fynd i ofalu am dy gaseg—fe gei di wybod pan ddoi di 'nôl.'

Aeth Twm â'r gaseg i'r stabl. Yno yr oedd pedwar ceffyl arall, ond yr oedd yno ddwy stal wag. Wedi rhoi gwair i'r gaseg ddu wrth olau'r llusern wal a oedd yn hongian uwchben y drws, cofiodd nad oedd y porthmon wedi dweud wrtho p'un oedd ei geffyl ef. Ond wedi edrych gwelodd Twm fod olion teithio pell ar geffyl coch tal yng nghornel y stabl. Yr oedd y lleill â'u crwyn yn sych, ac nid oedd yr un ohonynt wedi bod allan o'r stabl y diwrnod hwnnw.

Aeth Twm â thipyn o wair i'r ceffyl coch.

'Hym, ceffyl pert . . .' meddai Twm. Yna aeth yn ôl i'r dafarn. Ond cyn mynd i mewn arhosodd funud i edrych o gwmpas a chlustfeinio. Roedd pobman fel y bedd. Beth oedd yn poeni'r porthmon? Roedd e'n edrych fel petai ofn rhywun arno.

Y tro hwn pan aeth i mewn i'r gegin, gwenodd y porthmon arno.

'Rwy' i wedi galw am ginio dda i ti a finne,' meddai'r dyn tew.

'Ond . . .' meddai Twm. Yna cochodd hyd fôn ei wallt.

'Beth sy', fachgen?'

'Wel . . . wel . . . alla' i ddim . . . dim ond tipyn o fara a chaws . . . own i wedi feddwl . . .'

71

Edrychodd y porthmon yn graff arno. Pwy oedd y gŵr ifanc yma o sir Aberteifi heb arian yn 'i boced i brynu cinio, ac eto'n rhy falch i dderbyn cinio am ddim ganddo ef? Pam roedd e' wedi marchogaeth yr holl ffordd o sir Aberteifi mewn un diwrnod a pham roedd e' wedi cychwyn ar 'i daith heb ddim arian i brynu bwyd? Ai rhywun ar berwyl drwg oedd e'? Na, fe gymerai'r porthmon ei lw fod yr wyneb llwyd, golygus a welai o'i flaen yn wyneb gonest.

'Rhaid i ti faddau i mi,' meddai, 'ond wedi i mi alw am ginio i ddau, fe fydd rhaid i mi dalu am ginio i ddau, ac fe fyddwn i'n ddiolchgar pe bait ti'n bwyta gyda mi. Does dim yn waeth gen i nag eistedd i ginio wrthyf fy hunan. Wrth gwrs, fe elli di gael dy fara a chaws, ond beth wna' i â'r cinio fydd dros ben wedyn?'

Gwenodd y porthmon a gwenodd Twm hefyd. Yna daeth gwraig y tŷ i mewn â'r bwyd. Tatws a chig rhost a'r rheini'n mygu ac yn arogli'n hyfryd iawn.

Eisteddodd y ddau i lawr i fwyta. Prin y gallai Twm beidio â llarpio'r cyfan ar unwaith gan mor newynog oedd.

'Wyddost ti,' meddai'r porthmon tew, 'fûm i erioed yn teimlo mor unig ag own i'n teimlo hanner awr yn ôl, cyn i ti ddod i mewn drwy'r drws yna. Dwy' i erioed wedi bod yn aros yn y lle 'ma o'r blaen. Rwy'n arfer aros yn y 'George'—ryw dair milltir oddi yma, pan fydda' i ar fy ffordd yn ôl o Lundain. Yno'r own i wedi meddwl aros heno, ond fe ddigwyddodd rhywbeth rhyfedd iawn. Gyda llaw, fy enw i yw Rhys Parry—Rhys y Porthmon mae pobol yn 'y ngalw i, a Rhys Tew pan na fydda' i'n clywed.'

Chwarddodd y dyn tew a chymerodd lond ei geg fawr o gig. Ar ôl cnoi am dipyn aeth ymlaen.

'Wel, cyn gynted ag yr es i mewn i gegin y 'George' fe welais i ddyn yn eistedd wrth y tân, ac rown i'n 'i 'nabod e'. Wyt ti wedi clywed am John Brant?'

Ysgydwodd Twm ei ben.

'Wel, John Brant yw un o'r lladron pen ffordd enwoca' yn Lloegr, fel y dylwn i wybod. Fe ddygodd y gwalch dros ganpunt oddi arna' i ddwy flynedd yn ôl pan ddaliodd e'r goets fawr i fyny yn ymyl Watford. Rown i'n un o'r teithwyr yn y goets. Rown i'n dod 'nôl o ffair Barnet lle'r own i wedi gwerthu gwartheg. Trwy lwc, rown i wedi gadael hanner yr arian ges i am yr anifeilied gyda chyfaill, ond roedd gen i, fel y dwedes i, dros ganpunt—arian ffermwyr bach Cymru—mewn cod ledr yn 'y mhoced. Roedd hi'n bedwar o'r gloch prynhawn ar y goets yn cychwyn o Barnet, ac roedd hi'n dechrau tywyllu pan oedden ni'n nesáu at Watford—rhyw ugain milltir o Barnet. Mae 'na gwm bach coediog a thro yn y ffordd, cyn cyrraedd Watford, ac yn y fan honno y digwyddodd y peth. Rown i'n hanner cysgu pan sylweddolais i fod y goets wedi stopio.

'"Ydyn ni yn Watford?" meddwn i wrth y gŵr bonheddig nesaf ata' i. Ond cyn iddo ateb fe glywais hen waedd y lladron pen ffordd.

'"Stand and deliver!" Wedyn dyma ddrws y goets yn agor. Safai dau ddyn tu allan, un ar gefn ceffyl â chadach du am ei wyneb a'r llall ar ei draed â'i het wedi'i thynnu i lawr yn isel dros ei lygaid. Roedd gan bob un o'r ddau bistol ym mhob llaw. Gwnaeth y dyn â'r het arwydd i ni ddod allan o'r goets. Roedd rhaid ufuddhau wrth gwrs. Ond rown i'n gynddeiriog, alla' i ddweud wrthyt ti. Roedd gen i bistol yn 'y ngwregys. Fe ddechreuodd y dyn â'r het dros 'i lyged fynd trwy bocedi'r tri gŵr bonheddig a oedd yn teithio gyda fi. Roeddwn inne'n gwylio'r dyn ar gefn y ceffyl. Fe'i gweles i fe'n troi 'i ben am eiliad ac fe dynnes 'y mhistol . . .'

Gwthiodd Rhys Parry ei blat oddi wrtho a sychodd ei enau â chadach coch o'i boced. Ond daliai Twm ati i fwyta o hyd; teimlai na allai gael digon i'w fwyta ar ôl bod heb fwyd mor hir.

'Beth ddigwyddodd wedyn?' gofynnodd.

'Fe 'ngwelodd i cyn i fi gael amser i danio. A'r peth nesa' weles i oedd fflach o olau o'i bistol e'. Fe aeth y fwled trwy goler 'y nghot i ac i mewn i ddrws y goets tu ôl i fi.

'"Fydd yr ergyd nesa' rhwng dy ddau lygad di," meddai'r dyn ar gefn y ceffyl.'

Gwthiodd Twm ei blat oddi wrtho hefyd o'r diwedd. Fe deimlai'n ddyn newydd ar ôl y pryd da o fwyd.

'Ie?' meddai.

'Wel, dwy' i ddim yn ddyn ofnus,' meddai'r porthmon tew, 'ond fe wyddwn y bydde hi ar ben arna' i pe bawn i'n rhoi rhagor o drafferth i'r lladron. Wel, i dorri'r stori'n fyr, fe golles i'r arian, ond—hyn own i am ddweud—pan fflachiodd y pistol 'na —am eiliad fe weles i wyneb y lleidr a oedd ar gefn y ceffyl—fe'i gweles i e'n glir yn y golau.'

'Ond rown i'n meddwl fod cadach am 'i wyneb e'?' meddai Twm.

'Am y rhan isa' o'i wyneb e'. Ond roedd 'i lyged e' a'i dalcen e' yn y golwg, ac yn yr eiliad pan oedd fflach y pistol yn goleuo'i wyneb e' fe weles i'r graith ar 'i dalcen e'. Anghofia' i byth mohoni, craith union oedd hi, o fôn 'i wallt e' hyd at 'i ael dde.'

Bu distawrwydd yn y gegin am ennyd. Cododd y porthmon a cherddodd yn ôl at y tân. Aeth Twm ar ei ôl.

'A diwedd y stori . . .?' meddai Twm ar ôl i'r ddau eistedd i lawr.

'Y funud y cerddais i mewn i dafarn y 'George' heno fe weles i'r graith am yr ail dro.'

'Beth?'

'Do. Y dyn wrth y tân yn y gegin oedd y lleidr pen ffordd a ddygodd dros gan sofren oddi arna' i yn ymyl Watford ddwy flynedd yn ôl.'

'Beth wnaethoch chi?' gofynnodd Twm.

'Wyddwn i ddim beth i' wneud. Y syniad cynta' ddaeth i 'mhen i oedd ymosod ar y gwalch. Ond wedyn fe gofies i am y tro diwetha' y gweles i e'. Fe golles i swm mawr o arian bryd hynny, a heno rwy'n cario mwy fyth o arian—mae dau gant a hanner o sofrens melyn gen i ar 'y mherson y funud 'ma.'

Stopiodd Rhys Parry'n sydyn, ac edrychodd yn graff ar Twm. Yna chwarddodd.

'Does dim rhyfedd 'mod i'n colli arian! Rwy'n gofyn am

drwbwl yn dweud wrth ŵr ifanc hollol ddierth fel ti, 'mod i'n cario'r holl arian yna. Ond rwy'n nabod dynion yn go dda erbyn hyn, ac rwy'n siŵr dy fod di'n onest. Wel, ar ôl i mi ailfeddwl fe gofies 'u bod nhw'n ddau'r noson honno yn Watford. Ble'r oedd y llall? Rywle o fewn cyrraedd galli fentro. Wel, fe benderfynes i mai cilio oedd ore i mi, ac fe gerddes allan o'r 'George'. Ond roedd y gwalch wedi 'ngweld i. Fe weles ryw wên ar 'i wyneb e' wrth 'mod i'n mynd trwy'r drws.'

'Oedd e' wedi'ch nabod chi?'

'Wn i ddim. Ond roedd e' wedi deall mai porthmon own i, debyg iawn, ac roedd y gwalch yn gwbod fod porthmyn yn cario digon o gyfoeth ar 'u ffordd adre o Lunden.'

'Dŷch chi ddim yn meddwl y daw e' yma ar eich ôl chi?'

'Wel, roedd gen i syniad yr holl ffordd o'r 'George' hyd yma fod sŵn rhywun ar gefn ceffyl yn 'y nilyn i o hirbell. Cofia, mae'n bosib mai dychmygu own i, ond mae 'nghlust i'n go fain, alla' i ddweud wrthot ti. Rown i'n ame mai fe oedd yn dod mewn pan ddoist ti drwy'r drws gynne, dyna pam yr edryches i mor sarrug arnat ti.'

'Wel, mae'n debyg y bydde fe wedi cyrraedd erbyn hyn, pe bai e'n meddwl dod.'

'Bydde, rwyt ti'n iawn. Wel nawr, rydyn ni wedi cael cinio gyda'n gilydd ac wedi bod yn siarad fan hyn ers amser, a dwyt ti ddim wedi dweud dy enw wrtho i 'to.'

'Twm yw f'enw i—Twm Siôn Cati.'

'O. Rwyt ti'n mynd i aros 'ma heno wrth gwrs?'

'Wel, rown i wedi meddwl gofyn am gael cysgu yn y stabl.'

'Yn y stabl! Beth wyt ti'n ddweud, fachgen?'

'Wel—a dweud y gwir—alla' i ddim fforddio . . .'

'Paid a sôn un gair yn rhagor. Rwyt ti'n cysgu mewn gwely, 'machgen i, ac mae Rhys Parry yn gofalu am yr ochor ariannol o'r mater.'

'Ond alla' i ddim gadel i chi dalu am wely i fi!'

'Gwrando nawr. Rwy' i am i ti gysgu yn y dafarn heno i'm hamddiffyn i, os daw'r lladron pen ffordd heibio. Fe elli di fod o help mawr i fi, ac am dy help di, y peth lleia' alla' i 'neud yw talu am swper a gwely i ti.'

Gwelodd Twm nad oedd wiw iddo ddadlau â'r dyn tew, yn wir nid oedd arno awydd dadlau rhyw lawer ag ef, gan ei fod wedi llwyr flino, ac fe fyddai gwely yn dderbyniol iawn.

Agorodd Twm ei geg yn gysglyd, yna cododd ar ei draed. Digwyddodd edrych i gyfeiriad y ffenestr.

'Hei!' meddai.

'Beth sy', fachgen?'

'Feddylies i i mi weld wyneb yn y ffenest. Alla' i ddim bod yn siŵr, ond rwy'n meddwl i fi weld rhywun yn edrych i mewn arnon ni.'

'Beth!' Yna rhegodd y dyn tew yn isel sawl gwaith.

'O falle mai fi oedd yn dychmygu. Rwy'n gysglyd, ac mae'r stori 'na wedi dechre effeithio ar 'y nychymyg i mae'n debyg.'

'Wyt ti'n meddwl? Wel, does 'na neb yn y ffenest nawr ta beth.'

'Mi af fi i drefnu â gwraig y tŷ i ti gael gwely.'

Aeth Rhys Parry yn ôl i'r cefn ac eisteddodd Twm ar y sgiw o flaen y tân. Ar unwaith dechreuodd deimlo'n gysglyd iawn a dechreuodd ei feddwl grwydro. Meddyliodd am y daith bell o Dregaron i Henffordd, dros y llwybrau diarffordd a'r cefnffyrdd, er mwyn osgoi sylw pobl. A oedd wedi dianc? Neu a oedd ei elynion ar ei ôl? Gwyddai nad oedd troi'n ôl yn bosib yn awr. Yng ngolwg Syr Anthony a phawb yn Nhregaron yr oedd wedi torri'r gyfraith, a gwyddai na fyddai dim trugaredd iddo pe dychwelai yno. O hyn ymlaen byddai pawb yn ei erbyn. Cofiodd yn sydyn am Wil Siencyn. Beth a ofynnodd Wil iddo? 'Ai un ohonyn *nhw* wyt ti? Neu un ohonon *ni*?' Aeth ias trwy gefn Twm wrth sylweddoli ei fod ef yn awr, fel Wil Siencyn, yn un o fechgyn y ffordd fawr. 'Fel y cadno neu'r gwynt tu allan' oedd geiriau Wil. Gwyddai na fyddai neb yn ei gredu ped âi'n ôl i Dregaron a thaeru fod yr hen Sgweier ar ei wely angau wedi dweud mai ef oedd biau'r gaseg . . .

Meddyliodd yn gysglyd fod Rhys Parry'n hir yn dod yn ôl.

Yna clywodd sŵn traed yn dod o gyfeiriad y gegin. Edrychodd rhwng ei amrannau trymaidd. Nid Rhys Parry oedd yno ond y forwyn. Cerddai ar draws y gegin i gyfeiriad y drws. Meddyliodd Twm,

'Mae hi'n mynd i'r llofft i baratoi gwely i mi.' Gwenodd yn gysglyd ar y ferch ifanc. Yr oedd hi'n ferch hardd, dal, â llygaid duon. Ond ni wenodd yn ôl ar Twm, yn wir, ni wnaeth ond prin edrych arno. Yna aeth allan drwy'r drws.

Yn sydyn dechreuodd y ci mawr blewog, a oedd wedi bod yn cysgu'n dawel o flaen y tân, anesmwytho. Chwyrnodd yn isel. Daeth Twm yn gwbl effro ar unwaith. Clustfeiniodd.

Meddyliodd ei fod yn clywed siarad isel yng nghyfeiriad drws ffrynt y dafarn. Cododd y ci ar ei draed, ac yn awr yr oedd gwrych wedi codi ar ei gefn blewog.

Dechreuodd Twm deimlo'n anesmwyth iawn Beth oedd yn mynd ymlaen? Neu ai dychymyg oedd y cwbwl? Beth oedd wedi digwydd a dweud y gwir? Wyneb yn y ffenest, sŵn siarad, ci'n chwyrnu. Dim byd o bwys. Ac eto teimlai Twm yn ei esgyrn fod rhywbeth o le.

'Twt,' meddai wrtho'i hunan, 'stori'r porthmon sy' wedi codi dychryn arna' i.'

Aeth yn ôl i'r cefn i edrych am Rhys Parry.

Yr oedd hwnnw'n eistedd yn y gegin gefn gyda gwraig y tŷ. O'i flaen ar y bwrdd yr oedd peint o gwrw. Am y tro cyntaf sylwodd Twm yn fanwl ar wraig y tŷ.

Yr oedd hi'n hen ac yn denau a'i hwyneb yn welw-lwyd fel pe bai newydd wella o ryw afiechyd hir.

Edrychai Rhys Parry fel pe bai'n ei fwynhau ei hun.

'A, Twm!' meddai pan welodd hwnnw'n dod tuag ato. 'Gymri di ddiod?'

'Na, dim diolch,' atebodd Twm, 'rwy' i wedi blino . . .'

'Rwy' i wedi bod yn ceisio cysuro tipyn ar y wraig dda 'ma, Twm. Mae hi'n gofidio nad yw 'i gŵr ddim yma i edrych ar ôl pethau. Hawyr bach,' meddai gan droi at y wraig, 'rŷch chi'n ddwy 'ma. Ac rydyn ninne'n dau 'ma heno. Mae'r forwyn . . .'

'Y forwyn! Fe'i dwedsoch hi! Wyddoch chi, mae'n mynd ma's ar 'y ngwaetha' i, a hynny'n hwyr y nos, a 'ngadael i . . .'

Chwarddodd y porthmon.

'Twt, twt, mynd i garu mae hi, debyg iawn. Fe fuoch chi a finne'n ifanc unwaith. Fentra' i fod un o fechgyn y pentre wedi cymryd ffansi ati.'

'Na, nid un o fechgyn y pentre,' meddai'r wraig.

Torrodd Twm ar draws y siarad.

'Rwy'n meddwl yr a' i i edrych am y ceffylau cyn mynd i'r gwely,' meddai.

Gwenodd y porthmon.

'Rwy'n hoffi dyn sy'n edrych ar ôl 'i geffyl. Brysia 'nôl, Twm bach.'

Aeth Twm allan trwy'r drws cefn i'r stabl.

Yr oedd y llusern wan uwchben y drws ynghŷn o hyd, ond golau pŵl a daflai o gwmpas y stabl. Ond gwelodd Twm un peth ar unwaith; yr oedd yn awr chwe cheffyl lle nad oedd gynnau ddim ond pump!

Ceffyl gwinau braf a hwnnw'n mygu.

Edrychodd ar y gaseg ddu. Safai'n hollol lonydd, ac nid oedd hi wedi gorffen bwyta'r gwair a roisai Twm o'i blaen. Yr oedd ceffyl y porthmon yn llonydd hefyd, a'r lleill i gyd, ond y ceffyl gwinau, dieithr. Cododd hwnnw'i ben a throi ei lygad gwyllt i edrych ar Twm.

Sut y cyrhaeddodd hwn y stabl heb yn wybod i neb? Ble'r oedd ei berchennog? A oedd yn ei wylio'r funud honno?

Aeth Twm ar ei union yn ôl i'r dafarn.

PENNOD XI

'Ceffyl gwinau? John Brant yw e', Twm! Ac mae e' yma—efalle yn y dafarn y funud 'ma! Beth wnawn ni?'

Roedd y porthmon wedi gadael ei ddiod ar unwaith pan ddaeth Twm â'r newydd. Yn awr cerddai'n gynhyrfus o gwmpas y gegin.

'Beth wnawn ni?' gofynnodd Twm.

Ysgydwodd y porthmon ei ben.

'Allwn ni ddim aros yma beth bynnag. Mae'n debyg fod y gwalch yn y tŷ'n barod. Wyt ti ddim yn deall? Fe yw'r gŵr bonheddig sy'n dod i weld y forwyn! Y gnawes â hi! Mae hi'n gweithio gydag e'. Yr arswyd y byd! Meddylia 'mod i wedi dod i dreulio nos yn y dafarn yma—lle mae'r forwyn yn gyfeillgar â John Brant!'

'fich chi'n meddwl hynny?'

'Beth arall alla' i feddwl? Mae'n well i ni fynd, Twm.'

'Na, mae'n ddrwg gen i. All fy nghaseg i ddim mynd gam ymhellach heno.'

'Beth? Wyt ti am aros 'ma?'

'Wn i ddim beth arall alla' i 'neud. Mae'r gaseg wedi teithio mwy nag a ddylai hi'n barod; a pheth arall—does gen i ddim arian—felly fydd gan John Brant ddim diddordeb ynof fi.'

'O, rwyt ti am 'y ngadel i nawr, wyt ti?'

Edrychodd y ddau ar ei gilydd.

'Na,' meddai'r porthmon, 'ti sy'n iawn. Does gen i ddim hawl gofyn i ti beryglu dy fywyd dy hunan, er fy mwyn i. Wel, rwy'n credu yr a' i 'te.'

'Ydych chi o ddifri yn meddwl cymryd y ffordd fawr heno?'

'Wrth gwrs.'

'Ond dŷch chi ddim yn gweld?'

'Gweld beth?'

79

'Wel, fe fyddwch chi mewn llawn cymaint o berygl ar y ffordd. Os yw John Brant yn gwybod eich bod chi'n cario arian, fe ddaw ar eich ôl chi—hynny yw—os yw e' 'ma. Ac fe fydde gennych chi lai o siawns ar y ffordd yn y tywyllwch . . .'

'Rwyt ti'n iawn, Twm. O leia' mae hi'n olau fan yma. Wel, beth wnawn ni 'te?'

'Mynd i'r gwely.'

'Mynd i'r gwely!'

'Ie.'

'Wyt ti am i ni gael ein lladd yn ein cwsg?'

'Os gallwn ni gyrraedd ein hystafell wely, a chloi'r drws, fe fyddwn ni'n fwy diogel.'

'Rwyt ti'n iawn, Twm. Tyrd, fe awn ni i'r llofft ar unwaith. Wyt ti'n fodlon rhannu stafell â fi heno?'

'Wrth gwrs,' meddai Twm, 'mae rhannu stafell yn llawer gwell na chysgu yn y gwair yn y stabl.'

Aeth y ddau i gyfeiriad y grisiau a oedd yn arwain i'r llofft.

Hanner y ffordd i fyny'r grisiau cyfarfu'r ddau â'r forwyn yn dod i lawr, â channwyll yn ei llaw.

Edrychodd yn bowld arnynt. Edrychodd y porthmon yn amheus i fyw ei llygad.

'Mae eich gwely chi'n barod,' meddai, 'fe gewch chi gysgu yn yr un ystafell. Yr ail ar y dde.'

'Hanner munud, madam,' meddai Rhys Parry, gan gydio yn ei braich.

'Pwy biau'r ceffyl dierth 'na sy' yn y stabal?'

'Ceffyl? Wn i ddim byd am y ceffylau, nid osler ydw i.'

Yna gwthiodd heibio iddynt ac aeth i lawr y grisiau.

Edrychodd y porthmon ar Twm, yna aeth i fyny'r grisiau.

Aeth Twm ar ei ôl a gallai weld cefn llydan Rhys Parry o'i flaen. Edrychai'n anferth o faint yn ei got fawr dew â'r coler mawr, a gwyddai Twm fod swm mawr o arian yn nyfnderoedd pocedi'r got honno yn rhywle.

Daethant at ddrws yr ystafell—yr ail ar y dde.

Y porthmon a aeth i mewn yn gyntaf a Twm ar ei ôl. Yr oedd

y forwyn wedi gadael canhwyllau ynghỳn yn yr ystafell, ac yn y golau edrychai'n ddigon cysurus.

Trodd y porthmon i gau'r drws. Yna gwelodd y dyn a safai tu ôl iddo. Yr oedd dau bistol gloyw yn ei law.

'Beth . . .?' meddai'r porthmon. Troes Twm ei ben a gwelodd ddyn tal mewn dillad trwsiadus dros ben. Ar ei dalcen yr oedd craith wen, union o fôn ei wallt hyd at ei ael dde.

Ni ddywedodd neb air am funud. Safodd y tri'n edrych ar ei gilydd. Chwaraeai gwên fach o gwmpas gwefusau'r dyn tal. Yr oedd wyneb coch Rhys Parry'n welw.

Teimlodd Twm ei hunan yn colli ei dymer.

'Fe fydd y cynta' i symud neu ddweud un gair yn uchel yn 'i chael hi,' meddai'r dyn tal.

'John Brant!' meddai'r porthmon.

Troes y wên ar wyneb y dieithryn yn hanner chwerthin.

'O, rwyt ti'n gwybod fy enw i, wyt ti?'

'Ydw, rwy' i wedi bod yn holi dy hanes di,' atebodd Rhys rhwng ei ddannedd, 'y forwyn ofnadwy 'na! Hi sy'n gyfrifol am adael i ti ddod i mewn yma.'

Chwarddodd John Brant fel pe bai yn ei fwynhau ei hunan.

'Mae Nel yn ferch garedig iawn, ac mae ganddi hi olwg arna' i.'

'Rwyt ti wedi troi 'i phen hi, mae'n debyg, yr hen ffŵl â hi.'

'Go lew'r hen Rhys,' meddai Twm wrtho'i hunan, 'o leia does arno fe ddim ofn y dyhiryn.'

Yna cododd y dyn tal ei lais am y tro cyntaf.

'Dyna ddigon o siarad. Dere'r porthmon tew, i fi gael gweld beth sy' gennyt ti ym mhocedi'r got fawr 'na.'

Yr oedd y lliw coch wedi dod yn ôl i ruddiau crwn y porthmon pan ddechreuodd ddadlau â'r lleidr, ond yn awr aeth yn welw unwaith eto. Edrychodd yn wyllt i bob congl o'r ystafell. Gwyliai'r lleidr ef fel cath yn gwylio llygoden.

Gan fod y porthmon yn cael holl sylw'r lleidr y funud honno, meddyliodd Twm mai dyma'r amser i wneud rhywbeth. Cymerodd un cam yn nes at y lleidr, ond nid cynt y gwnaeth hynny nad oedd pistol yn anelu'n union at ei fynwes.

'Dim campau, 'machgen gwyn i!' meddai'r lleidr, 'Paid ti â cheisio chwarae dim tricie â John Brant neu fyddi di ddim yn yr hen fyd 'ma'n hir iawn.'

Safodd Twm yn ei unfan yn edrych i fyw llygad y dyn tal. Am eiliad hir safodd y ddau felly—un yn mesur y llall. Chwiliodd y lleidr am arwydd o ofn yn llygaid Twm, ond fe'i siomwyd.

Yna symudodd Rhys Parry a dywedodd John Brant,

'Wel, y tew, rwy' i wedi gofyn am weld tu mewn dy bocedi di.'

Nid oedd yn gwenu yn awr, a gwyddai'r porthmon nad oedd dim amdani ond gwagio'i bocedi. Yn araf bach tynnodd god ledr allan o blygion y got fawr anferth.

'Gosod hi ar y bwrdd bach 'na,' meddai Brant.

Ufuddhaodd Rhys Parry. Closiodd y lleidr at y bwrdd bach gan gadw llygad barcud ar y ddau. Gosododd un pistol i lawr ar y bwrdd a chododd y god a'i phwyso am eiliad yn ei law, yna fe'i gwthiodd o'r golwg o dan ei got las hardd.

Yna symudodd yn gyflym, ar flaenau'i draed, nes ei fod yn sefyll tu ôl i'r porthmon. Yna, gan roi un pistol o dan ei gesail, tynnodd ei law'n frysiog dros gorff Rhys Parry.

'A!' meddai. 'Beth sy' fan yma? Wyt ti ddim am geisio cuddio'r god fach arall 'ma wyt ti? Tynn hi ma's!'

Am eiliad meddyliodd Twm fod Rhys Parry'n mynd i wrthod. Yna rhoddodd ei law yn un o'i bocedi mawr unwaith eto, a thynnodd allan god arall. Cydiodd John Brant yn drwsgl ynddi, a'i rhoi o dan ei got. Yna aeth lwyr ei gefn tuag at y drws.

'Mae'r allwedd tu allan i'r drws, gyfeillion,' meddai gan wenu, 'ac fe fydda' i'n cloi'r drws cyn gynted ag yr af fi allan. Felly, fe ellwch chi gysgu'n dawel heno, ddaw neb i'ch poeni chi.'

Cyn mynd allan edrychodd yn amheus ar Twm.

'Na, does gennyt ti ddim cod yn dy boced.'

Gwelodd Twm yn edrych yn syn, a chwarddodd yn uchel.

'Mae gen i drwyn da am yr aur, 'y machgen i. Rwy'n gallu 'i arogli fe o bell. Wel, nos da, gyfeillion, cysgwch yn dawel.

Mae'n ddrwg gen i na fydda' i ddim yma bore fory i gael brecwast gyda chi.'

'Y . . . y . . . y!' Ceisiai'r porthmon ddweud rhywbeth ond yn ei ddicter ni allai yngan gair. Chwarddodd y lleidr eto, yna diflannodd drwy'r drws.

Clywodd Twm a Rhys Parry'r allwedd yn troi yn y clo, yna sŵn traed yn mynd i lawr dros y grisiau. O'r llawr daeth sŵn y ci'n cyfarth yn ffyrnig, yna un sgrech a distawrwydd.

Dechreuodd y porthmon gerdded o gwmpas yr ystafell fel dyn gwyllt. Daeth llif o regfeydd y porthmyn dros ei wefusau.

'Pam roedd rhaid i fi ddod i'r dafarn 'ma heno?' meddai gan godi'i ddwylo uwch ei ben.

Nid oedd Twm yn talu llawer o sylw iddo. Edrychai o gwmpas yr ystafell. Gwelodd fod un ffenest fach yn y mur gyferbyn â'r drws, ac aeth tuag ati. Dechreuodd ei feddwl chwim gynllunio.

'Beth am y ffenest fach 'ma?' gofynnodd.

'Tawn i wedi aros yn y 'George' . . . a ble yn y byd rwy'n mynd i gael arian i dalu'r ffermwyr pan a' i . . . Beth ddwedest ti?'

'Beth am y ffenest 'ma?'

'Y ffenest? Wel, beth amdani?' Nid oedd gan y porthmon ronyn o ddiddordeb.

'Rwy'n meddwl y galla' i fynd allan drwyddi.'

'I beth? Mae Brant wedi mynd. A pheth arall, wyt ti'n meddwl y bydde gennyt ti siawns i gael yr afael drecha' arno pe baet ti'n gallu mynd ma's drwy'r ffenest?'

'Rŷch chi wedi bod yn garedig iawn tuag ata' i, Rhys Parry, ac mae'n ddrwg iawn gen i eich bod chi wedi colli'r arian 'ma. Fydda' i ddim gwaeth o dreio.'

'Ond mae e' wedi mynd w!'

'Chlywais i ddim mo sŵn y ceffyl.'

'Chlywest ti ddim mo sŵn y ceffyl yn *dod* 'ma chwaith,' meddai'r porthmon yn chwerw.

'Rwy'n ofni ein bod ni'n gwastraffu amser,' meddai Twm, a

neidiodd i ben sil y ffenest. Gwelodd mai ffenest yn agor hyd yr hanner oedd hi. Roedd hynny'n ei gwneud yn fwy anodd; ond tynnodd y glicied serch hynny. Roedd honno wedl rhydu a chafodd drafferth ofnadwy i'w symud. Yn y diwedd gofynnodd i Rhys Parry ei helpu. Cydiodd hwnnw yn y glicied rhwng ei fys a'i fawd mawr, a thynnodd. Daeth y glicied yn rhydd yn ei law. Tynnodd y ffenest i lawr. Yna fe geisiodd Twm ei wthio'i hun drwyddi, ond ni allai.

Edrychodd y ddau ar ei gilydd heb ddweud un gair.

Yna meddyliodd y porthmon am ei arian a chydiodd yn ffrâm y ffenest â'i ddwy law, a thynnu nes bod ei wyneb yn borffor. Clywodd Twm sŵn pren hanner pwdr y ffrâm yn torri yn ei ddwylo. Syrthiodd gwydr gan dincial ar lawr yr ystafell.

Neidiodd Twm ar y sil unwaith eto, a'r tro hwn llwyddodd i'w wthio'i hun allan drwy'r ffenest.

Yr oedd y lleuad wedi codi ac yr oedd digon o olau iddo weld fod to'r gegin fach yn union o dano. Pe gallai ddisgyn ar y to yn gyntaf, ac yna i'r llawr, ni fyddai'r cwymp yn ormod iddo.

Ond yr oedd rhew gwyn ar y to a gwyddai ei fod yn llithrig. A allai fentro neidio?

Ond yr oedd y porthmon yn cymryd diddordeb mewn pethau erbyn hyn. Rhedodd at y gwely a thynnu blanced drwchus oddi arno.

'Os wyt ti'n benderfynol o'i thrio hi, Twm, gwell iti gydio yn un pen i hon. Ond cymer hwn yn gynta', Twm bach.'

Teimlodd Twm garn pistol yn ei law.

Yn awr yr oedd Twm yn hongian uwchben to'r gegin fach a Rhys Parry'n dal wrth y pen arall i'r flanced. A oedd Brant wedi clywed sŵn y ffrâm yn torri? A oedd yn ei ddisgwyl ar y llawr? A allai gyrraedd clos cefn y dafarn heb gadw sŵn? Dyna'r cwestiynau a oedd yn mynd trwy ei feddwl wrth ddod yn nes ac yn nes at do'r gegin fach.

Yna cyffyrddodd ei draed â'r to. Gollyngodd ei ben ef o'r flanced yn rhydd. Ar unwaith dechreuodd lithro i lawr dros y to.

Byddai'n sicr o ddisgyn ar y llawr gyda thwrw mawr. Ond yr

oedd cafn i ddal y glaw ar waelod y to a daliodd ei draed yn hwnnw. Daeth y llithro cyflym i ben. Edrychodd dros ymyl y bondo a gwelodd mai gwaith hawdd fyddai rhoi un naid o'r fan honno i'r llawr. Er mwyn disgyn heb unrhyw sŵn o gwbwl gollyngodd ei draed i lawr dros ymyl y bondo a chydiodd yn y cafn â'i fysedd. Yr eiliad nesa' yr oedd ar y llawr rhyw deirllath o ddrws cefn y dafarn. Aeth yn ôl i gysgod y mur ar unwaith. Meddyliodd am wraig y dafarn. Beth oedd yn digwydd iddi hi druan?

A oedd hi'n gwybod fod un o ladron pen ffordd enwocaf Lloegr yn ei thŷ? O gofio'r siarad a fu rhyngddi hi a Rhys Parry roedd hi'n amlwg ei bod yn amau rhywbeth y pryd hwnnw. Ond nid oedd ganddo amser i'w wastraffu. Cydiodd yn dynn yng ngharn ei bistol ac aeth yn lladradaidd tua'r stabl. Gwyddai na allai Brant ddianc ymhell iawn heb ei geffyl, onid oedd wedi dianc yn barod, wrth gwrs.

Cyrhaeddodd ddrws y stabl a safodd i wrando. Yr oedd un o'r ceffylau'n taro'r llawr â'i garnau haearn, ond ni allai Twm glywed unrhyw sŵn arall. Cododd y gliced yn araf a distaw gan wrando yr un pryd am unrhyw sŵn o gyfeiriad y tŷ.

Gwelodd fod y llusern ynghŷn o hyd, er bod y gannwyll dew ynddi wedi llosgi'n isel iawn erbyn hyn. Mentrodd i mewn i'r stabl.

Nid oedd neb yno. Yr oedd y ceffyl gwinau'n bwyta gwair, ond cododd ei ben pan aeth Twm i mewn.

Caeodd Twm y drws a safodd tu ôl iddo. Curai ei galon yn gyflym; gwyddai na fyddai Brant ddim yn hir. Rhaid ei fod yn teimlo ei fod yn bur ddiogel i oedi cymaint, ond meddyliodd fod gan y forwyn rywbeth i'w wneud â hynny.

Aeth munudau heibio. Yna clywodd sŵn traed yn nesáu at y drws. Cydiodd yn dynnach yng ngharn ei bistol. Clustfeiniodd a chlywodd leisiau. Llais John Brant.

'Wel, nos da, cariad.'

'Ond, John . . .' Llais y forwyn yn swnio'n ofidus.

'Na, na, cariad, fe fydd popeth yn iawn. Does ganddyn nhw

ddim prawf eich bod chi yn y fusnes o gwbwl . . . fe allwch chi wadu, does ganddyn nhw ddim prawf.'

'O, John, gadewch i fi ddod gyda chi . . .'

Sŵn chwerthin isel.

'Ond, cariad . . . dod gyda mi? I ble? Fe ddof fi 'nôl ymhen diwrnod neu ddau.'

'fich chi'n siŵr, John?'

'Wrth gwrs 'mod i'n siŵr.'

Clywodd Twm sibrwd isel, yna clywodd sŵn traed y forwyn yn mynd yn ôl tua drws cefn y dafarn. Clywodd y drws yn cau. Pam na ddeuai Brant i mewn? Yr oedd y disgwyl yn ofnadwy. Yna clywodd sŵn y glicied, ac agorodd y drws.

Chwibanai John Brant yn isel wrtho'i hunan wrth ddod i mewn.

Aeth yn syth at ei geffyl, ond wedyn troes ei ben i edrych ar y gaseg ddu.

'Whiw!' meddai'r lleidr yn isel dan ei anadl. Edrychodd eto ar y gaseg ddu, yna ar ei geffyl ei hunan, a gwyddai Twm beth oedd yn mynd trwy ei feddwl.

Yr oedd pistol Twm ar anel yn syth at gefn y lleidr a gallai fod wedi'i saethu'n gelain yn y man. Ond ni allai wneud hynny.

'Brant!' meddai Twm yn sydyn.

Gwelodd gefn y lleidr yn sythu'n sydyn, ond ni throdd John Brant i'w wynebu ar unwaith. Trodd ei ben a'i gorff yn araf ac edrychodd yn syth i'r twll ym maril pistol Twm.

'Wel, wel,' meddai, 'rown i'n hanner ame y cawn i drafferth gyda ti. Ddylwn i ddim bod wedi anghofio'r ffenest, ddylwn i?'

'Yr aur!' meddai Twm.

'O ie, yr aur,' meddai Brant gan chwerthin yn fileinig.

Aeth ei law yn araf o dan ei got las. Daliai i edrych i lygaid Twm yr un pryd.

'Wrth gwrs, yr aur—aur y porthmon.'

Gwyliai Twm y llaw o dan y got fel pe bai'n gwylio neidr. Ond cod ledr oedd ynddi pan ddaeth hi allan.

'Ar y llawr fan yma,' meddai Twm.

Taflodd y lleidr hi ato a disgynnodd yn y gwellt wrth ei draed.

'Nawr—y llall.'

'Wel, wel, un taer wyt ti, fachgen.' Ond rhoddodd Brant ei law dan ei got las unwaith eto.

'Pwy biau'r gaseg ddu?' gofynnodd.

'Yr aur,' meddai Twm.

'Paid â dweud mai ti biau'r gaseg ddu?'

Nid atebodd Twm; yr oedd yn gwylio'r llaw.

Yr oedd yn lwcus ei fod hefyd, oherwydd yr eiliad nesaf tynnodd John Brant ei law allan, â phistol gloyw ynddi.

Taniodd Twm ar unwaith. Gwelodd bistol Brant yn cwympo.

Llanwyd y stabl gan sŵn byddarol yr ergyd. Gweryrodd y ceffylau a gwylltio bob un, ond y gaseg ddu yn waeth na'r un.

Aeth ei phen i fyny'n syth i'r awyr fel pe bai hi ei hunan wedi cael ei saethu.

Pan gododd y mwg o flaen llygaid Twm, gwelodd John Brant yn pwyso ar bared y stâl â golwg filain iawn ar ei wyneb. Gallai Twm weld y twll yn ei lawes lle'r oedd yr ergyd wedi ei daro, a gallai weld y gwaed yn rhedeg dros ei arddwrn i'r llawr. Yr oedd ei wyneb yn wyn fel y galchen, hyd at ei wefusau.

Yna dangosodd ei ddannedd gwynion, ac mewn fflach gwelodd Twm ei berygl. Yr oedd gan y lleidr ddau bistol, ac nid oedd ganddo yntau ddim ond un, a hwnnw wedi ei danio.

Gwelodd law iach John Brant yn gwibio o dan ei got, a'r eiliad honno neidiodd Twm arno. Yr oedd pistol arall y lleidr hanner ffordd allan o dan ei got pan drawodd Twm ef yn ei dalcen â charn ei bistol.

Suddodd yr enwog John Brant i'r llawr â'i lygaid ynghau. Plygodd Twm ar unwaith a rhoi ei law yn ei wisg. Tynnodd y god arall o boced y lleidr. Yna cododd y llall o'r llawr a chydag un cip ar y lleidr diymadferth aeth yn frysiog am ddrws y cefn.

Yr oedd hwnnw ynghlo fel y disgwyliai.

Dechreuodd weiddi.

'Hei! Agorwch y drws 'ma!' Ciciodd y drws hanner dwsin o weithiau. Yna clywodd lais y porthmon yn gweiddi o'r llofft.

'Twm! Twm! Wyt ti'n iawn, Twm?'

Gwaeddodd Twm yn ôl arno fod popeth yn iawn. Yna dechreuodd y porthmon weiddi hefyd nerth ei geg.

O'r diwedd clywodd Twm sŵn traed yn dod at y drws a chlywodd sŵn yr allwedd.

Agorodd y drws a safai gwraig y dafarn yno yn ei gŵn nos gwyn, yn edrych fel ysbryd.

'Ow! Ow! Be' sy', be' sy'?' cwynodd, gan ddal cannwyll uwch ei phen.

'Mae popeth yn iawn nawr,' meddai Twm, a heb esbonio dim rhagor aeth heibio iddi i mewn i'r tŷ. Aeth yn syth i fyny'r grisiau ac at y drws lle'r oedd y porthmon yn garcharor. Yr oedd yr allwedd yn y drws ac aeth i mewn.

Taflodd Twm y ddwy god ar y bwrdd bach o flaen Rhys Parry. Ni allai hwnnw goelio'i lygaid. Edrychodd ar Twm yn graff fel pe bai yn ei weld am y tro cyntaf. A dweud y gwir roedd yr hen borthmon caredig wedi bod yn gofidio peth iddo adael i Twm fentro ei fywyd yn y fath fodd. Ond dyma fe, nid yn unig wedi dod yn ôl yn iach, ond dyma'r ddwy god hefyd wedi eu dychwelyd.

'Wel?' meddai. 'Wel?'

'Wel, beth?'

'Beth ddigwyddodd, fachgen?'

Dywedodd Twm y cyfan a ddigwyddodd wrtho, a chyn iddo orffen roedd gwraig y dafarn, yn ei gŵn nos o hyd, wedi dod i mewn.

'O,' meddai'r porthmon, 'fel'na y digwyddodd hi—yn rhwydd reit fel'na?'

'Ie,' meddai Twm.

Daliai'r porthmon i edrych yn syn arno, ac yr oedd yn hawdd gweld ei fod yn dal i feddwl am Twm fel pe bai'n rhyw fath o ryfeddod. Onid oedd wedi cael y gorau ar John Brant?

Gwylltiodd y porthmon yn sydyn.

'Ble mae e' nawr?' gofynnodd.

'Mae e' yn y stabl,' atebodd Twm.

'Rwyt ti wedi'i glymu fe, gobeithio?'

'Naddo, doedd dim eisie, roedd e'n cysgu'n dawel.'

'Beth? Chlymaist ti ddim mohono fe? Gad i ni fynd lawr ar unwaith. Wyt ti'n gwybod fod hanner can sofren yn aros unrhyw un a ddaw â John Brant i'r ddalfa?'

Aeth y porthmon tew am y drws, ond safodd gwraig y dafarn o'i flaen.

'A fydd rhywun cystal â dweud . . . cystal ag egluro . . .?' meddai mewn llais crynedig. Sylwodd Twm fod ei llaw yn crynu hefyd, a bod y gwêr o'r gannwyll yn syrthio'n aml ar y llawr, oherwydd hynny.

Ond nid oedd gan Rhys Parry amser i'w wastraffu.

'O'r ffordd, ddynes. Does dim amser nawr. Wyddoch chi ddim fod John Brant yn gorwedd yn y stabl? Dyma gyfle i wared y wlad o'r dyhiryn. O'r ffordd!'

Aeth am ben y grisiau fel tarw, a Twm ar ei ôl.

Synnai Twm at gyflymdra'r dyn tew yn rhedeg ar draws y gegin ac allan i'r clos.

Cyrhaeddodd y ddau ddrws y stabl yr un pryd. Yr oedd y drws yn gil-agored.

Rhys Parry aeth i mewn yn gyntaf, ac am ennyd yr oedd cefn mawr y porthmon yn rhwystro Twm rhag gweld dim.

Trodd y porthmon ato.

'Wel?' gofynnodd. 'Ble mae e'?'

Edrychodd Twm yn syn ar lawr y stabl. Nid oedd sôn am John Brant yn unman. Nid oedd y ceffyl gwinau mawr yno chwaith. Yr oedd y lleidr a'i geffyl wedi diflannu, ac nid oedd dim ar ôl i brofi stori Twm ond ychydig waed coch ar y gwellt ar lawr y stabl ac un pistol â'i garn o ifori gwyn. Cododd Twm hwnnw a'i roi yn ei boced.

Yna aeth y ddau yn ôl i'r dafarn. Yr oedd y ci mawr, blewog yn farw gelain ar lawr y gegin.

PENNOD XII

Bore trannoeth dihunodd Twm Siôn Cati'n hwyr, ond nid oedd hynny'n syndod o gwbwl, gan ei fod ef a'r porthmon wedi aros ar eu traed yn hwyr iawn y noson cynt. Cyn iddynt fynd i gysgu llwyddodd Rhys Parry i gael hanes bywyd Twm yn weddol gyfan. Clywodd ganddo am farwolaeth yr hen Sgweier—iddo ddweud ar ei wely angau mai ef oedd i gael y gaseg. Clywodd hefyd am y Sgweier ifanc yn erlid Twm a'i fam o'u tyddyn ac yn perchnogi eu defaid. Cafodd hanes Wil Siencyn yn llawn hefyd, a hanes Twm yn dianc ar gefn y gaseg ddu trwy gymorth Guto'r Gof.

Yn awr, ar ei orwedd yn y gwely, meddyliai Twm am ddigwyddiadau'r noson cynt. Edrychodd i gyfeiriad y ffenest a gwelodd y ffrâm a dorrwyd gan y porthmon, yn gorwedd yn llipa ar draws y sil.

Nid oedd sôn am Rhys Parry yn unman. Rhaid ei fod wedi codi o'i flaen. Tybed a oedd e' wedi mynd ar ei daith? Neidiodd o'i wely a gwisgo amdano.

Pan gyrhaeddodd Twm lawr y gegin gwelodd y porthmon tew yn eistedd wrth y bwrdd yn disgwyl am ei frecwast.

'Nawr wyt ti'n codi?' Gwelodd Twm fod y porthmon mewn hwyl dda.

'Does dim sôn amdani, Twm, ac os gofynni di i fi, wêl neb mohoni yn y cyffiniau yma byth eto. Yr hen gnawes â hi!'

Gwyddai Twm ei fod yn siarad am y forwyn, a oedd wedi diflannu mor llwyr â John Brant ei hunan.

'Rhaid mai hi a'i helpodd e' i ddianc neithiwr,' meddai Twm.

'O does dim dadl. Mae'n rhaid 'i bod hi'n meddwl tipyn ohono fe, Twm. Mae helpu lleidr pen ffordd i ddianc yn drosedd yn erbyn y gyfraith. Os daw hi i'r ddalfa rywbryd fe fydd hi'n siŵr o gael mynd i'r carchar am dair neu bedair blynedd— dyna'r peth lleia' allai ddigwydd iddi.'

90

'Sut gallodd hi gael Brant ar gefn 'i geffyl, wn i ddim.'

'Na wn inne. Ond roedd hi'n ferch gref.'

'Ond chafodd hi fawr o amser . . .'

Chwarddodd y porthmon.

'Fe gafodd hi ddigon o amser, mae'n debyg. Ond cofia—falle fod gan Brant gyfaill o gwmpas y lle yn disgwyl amdano fe— roedden nhw'n ddou ddwy flynedd yn ôl, fel y dwedes i.'

Daeth gwraig y dafarn i mewn â dau blataid o gig moch wedi'i ffrio. Edrychai'n welw ac yn anniben iawn, â'i gwallt yn hongian yn gudynnau llwydwyn dros ei gruddiau.

'Fyddwch chi'n ymadel y bore 'ma?' gofynnodd, wrth roi'r bwyd ar y ford.

'Byddwn,' meddai'r porthmon. 'Does dim sôn amdani mae'n debyg?'

'Na, gobeithio na wela' i mohoni byth eto. Wn i ddim beth fydd fy ngŵr yn ddweud pan ddaw e' 'nôl.'

'Fe fyddwch chi 'ma eich hunan heno felly?' gofynnodd Twm.

'Na, mi fydda' i'n gofyn i rai o'r cymdogion ddod i gadw cwmni i fi nes daw 'ngŵr 'nôl. O na, threulia i ddim noson wrthyf fy hunan yn y dafarn 'ma ar ôl yr hyn ddigwyddodd neithiwr.'

Edrychodd ar Twm, 'Rwy'n ddiolchgar iawn i chi am gael gwared arno fe o 'ma.'

'Mae'n ddrwg gen i am y ffenest.'

'Na hidiwch, 'machgen i. Fe anfona' i am y saer bore 'ma. Mae'r byd wedi mynd, dyw hi ddim yn saff yn unman. Hyd yn oed yn 'i dŷ 'i hunan dyw dyn ddim yn saff y dyddie 'ma. O! Mae gen i dipyn o laeth yn twymo ar y tân i chi'ch dou—fe fûm i bron ag anghofio.'

Brysiodd tua'r cefn a dechreuodd Twm a Rhys Parry fwyta'u brecwast.

'Fe fyddwch chi'n mynd tua thre ar ôl brecwast mae'n debyg, Mr. Parry?' meddai Twm.

'Byddaf. A—diolch i ti—mi fydda' i'n gallu mynd ag arian y gwartheg yn 'y mhoced.'

91

'Ble mae'ch cartre chi?'

'Ym Merthyr Cynog yn sir Frycheiniog, wrth droed Mynydd Epynt. Ble'r wyt ti am fynd y bore 'ma, Twm?'

Bu Twm yn ddistaw am ysbaid hir. Daeth gwraig y dafarn i mewn â'r llaeth poeth ac aeth allan heb ddweud un gair.

Pesychodd Rhys Parry.

'Rwy' wedi bod yn meddwl, er pan glywais i dy stori di neithiwr, fachgen. Sut caret ti ddod gyda mi?'

Edrychodd Twm yn syn arno. Yna ysgydwodd ei ben.

'Na, thâl hi ddim i mi fynd yn ôl i Gymru.'

'Twt! Twt! Mae Merthyr Cynog yn ddigon pell o Dregaron. Mae gen i ffarm ym Merthyr Cynog.'

'Rwy'n gyfarwydd â gwaith ffarm. Meddwl fy nghael i'n was oeddech chi?'

'Nage, Twm. Mae gen i ddigon o weision i edrych ar ôl y ffarm. Meddwl own i y byddwn i'n fachgen lwcus pe gallwn i dy gael di i ddod gyda fi pan fydda' i'n mynd â gyrr o wartheg i Lundain tro nesa'. Ac mi fyddwn i'n fwy lwcus fyth pe bait ti gyda fi ar y ffordd adre!' A gwenodd Rhys Parry.

'Ond y gaseg?'

'Fe gaiff y gaseg gartre yn Llethr Mawr—dyna enw'r ffarm. Mae'r lle mewn man unig ar lethr y mynydd—wêl neb mohoni ond y gweision.'

Bu Twm yn ddistaw am dipyn eto.

'Mae Merthyr Cynog yn ddigon pell o Dregaron, ond dyw e' ddim yn bell iawn o Lanymddyfri. Fe allet ti fynd dros y mynydd i weld dy fam . . .'

'Diolch i chi Rhys Parry, rŷch chi'n garedig iawn.'

'Meddwl amdana' i'n hunan ydw i, wir i ti. Rwyt ti'n dod felly? Wyt ti'n gweld, Twm, mae'n anodd dweud beth all ddigwydd i ti os na ddoi di gyda fi. Beth wyt ti'n mynd i' wneud? Pe bai dim ond ti dy hunan, fe allet ti gael gwaith yn rhywle, ond mae'r gaseg . . .'

'Mi ddof fi gyda chi, Rhys Parry.'

'Da 'machgen i. Mi fydda' i'n teimlo dipyn yn fwy diogel ar y ffordd adre nawr.'

Ar ôl brecwast talodd Rhys Parry am eu llety, ffarweliodd y ddau â gwraig y tŷ, ac aethant i mofyn eu ceffylau i'r stabl.

Yn y stabl edrychodd Rhys yn syn ar y gaseg ddu.

'Yr arswyd y byd, Twm! Wel! Wel! Does dim rhyfedd fod hanner gwŷr bonheddig sir Aberteifi ar dy ôl di!'

'Beth ŷch chi'n feddwl amdani, Rhys Parry?'

'Yn 'i feddwl amdani? Fachgen, dyma'r creadur perta a welais i erioed! Ac rwy'n siarad nawr fel dyn sydd yn well ganddo eidion da na cheffyl unrhyw amser. Mae hon yn werth ffortiwn, Twm!'

Edrychodd y porthmon yn hir arno.

'Beth fydd diwedd y fusnes 'ma, Twm?'

Ysgydwodd Twm ei ben.

'Wn i ddim.'

'Meddwl am y gaseg 'ma rwy' i.'

'Ie.'

'Wel . . .?'

'Caseg y Dolau yw hi. Mae'r brid yma wedi bod yn stablau'r Dolau ers blynyddoedd.'

'Ond fe ddwedodd yr hen ŵr bonheddig . . .'

'Do. Ond chymrwn i mo'r byd am gadw'r gaseg oni bai . . . oni bai fod Mr. Anthony am 'i gwerthu hi. Rwy'n gwybod na ddymunai'r hen Sgweier ddim mo hynny. Alle fe ddim gorwedd yn esmwyth yn 'i fedd pe bydde fe'n gwybod fod y gaseg wedi'i gwerthu. Fe wydde fe'n iawn y byddai Mr. Anthony yn 'i gwerthu hi, dyna pam y dwedodd e' mai fi oedd piau hi.'

'Wel beth bynnag, paid â meddwl rhagor am y peth nawr; gad i ni fynd.'

PENNOD XIII

Yn hwyr y prynhawn hwnnw daeth y ddau farchog i olwg hen ffermdy mawr, gwyngalchog ar ochr y mynydd.

' 'Co fe'r Llethr Mowr!' gwaeddodd Rhys Parry.

Edrychodd Twm o'i gwmpas a gweld y mynydd llwyd yn codi tu ôl i'r ffarm. Edrychai'r wlad i gyd yn llwm y diwrnod hwnnw o Ionawr.

Pan ddaethant at fuarth y ffarm, rhedodd hogyn bach, bochgoch, byr o rywle.

'Hylô, Huw!' gwaeddodd Rhys Parry.

'Croeso adre, Mr. Parry!' atebodd y bachgen gan gwenu o glust i glust. Disgynnodd Rhys Parry'n drwm ar y clos, a rhedodd y bachgen at ben ei geffyl.

'Ydy popeth yn iawn 'ma, Huw?' gofynnodd y porthmon.

'Popeth yn iawn, Mr. Parry,' meddai Huw.

'Da iawn. Tyrd i'r tŷ, Twm,' meddai Rhys, gan daro'i draed ar y buarth caled. 'Fe fydd Huw'n gofalu am y gaseg.'

Edrychodd Twm braidd yn amheus.

'Does dim eisie i ti ofni, fydd hi'n iawn yng ngofal Huw.'

Sylwodd Twm fod y bachgen bochgoch yn edrych yn syn ar y gaseg ddu a gwyddai fod Huw, fel efe'i hunan, yn deall ac yn caru ceffylau.

Estynnodd y ffrwyn iddo.

'Hogyn da yw Huw,' meddai'r porthmon ar y ffordd i'r tŷ. 'Fi a'r wraig sy' wedi 'i fagu fe. Fe gollodd 'i rieni bum mlynedd yn ôl; fe fu'r ddau farw o'r frech wen. Ceffylau yw 'i gwbwl e'.'

Aeth y ddau i mewn i'r tŷ.

Ar ganol cegin helaeth y Llethr Mawr safai gwraig fach, dew, bitw.

'Rhys! Rŷch chi wedi dod!' meddai.

94

Aeth Rhys ati a chydio yn ei dwy fraich. Yna edrychodd i fyw ei llygaid â gwên fawr ar ei wyneb.

'Rwy' i wedi dod adre, Ruth! O . . . y . . . rwy' i wedi dod â chyfaill . . . Twm . . . Twm Siôn Cati . . .'

'Croeso i chi,' meddai'r wraig fach, 'fe fydd swper yn barod mewn munud. Dewch at y tân.'

Ar ôl swper blasus eisteddai Rhys, Ruth Parry a Twm wrth dân y gegin. Dechreuodd Rhys adrodd hanes ei daith i Lundain wrth ei wraig. Llosgai'r tân mawn yn goch ac yr oedd hi'n gynnes ac yn gartrefol o dan fantell y simnai fawr, a theimlai Twm yn hapus am y tro cyntaf ers amser.

Daeth Huw o rywle ac eistedd yn ddistaw bach ar y sgiw yn ymyl Twm. Pan ddaeth Rhys Parry at yr hanes am Twm yn cael y gorau ar John Brant yr oedd llygaid Huw fel sêr. Ond edrych yn ofidus a wnâi Ruth Parry.

'Rhys bach,' meddai, 'mae'r ffyrdd yn mynd yn fwy peryglus bob dydd; mae'n hen bryd i chi roi'r gore i borthmona.'

Ond chwerthin a wnaeth Rhys.

'Mae porthmona yn 'y ngwaed i Ruth fach. Twm,' meddai gan droi at hwnnw, 'wyt ti'n fodlon i fi ddweud tipyn o hanes dy fywyd di wrth y ddau 'ma? Fe gadwan nhw dy gyfrinach di'n ddigon saff.'

Ar ôl i Twm gydsynio adroddodd Rhys hanes y gaseg, y Sgweier a phopeth wrth ei wraig a'r bachgen. Pan ddaeth y porthmon i ddiwedd y stori bu distawrwydd yn y gegin am ysbaid hir. Yna gofynnodd Mrs. Parry,

'Eich tad, Twm? Dŷn ni ddim wedi clywed dim sôn am eich tad?'

'Mae fy nhad wedi marw ers blynyddoedd.'

'O, mae'n ddrwg gen i,' meddai Ruth Parry. Bu distawrwydd wedyn am dipyn a theimlodd Twm Huw'n closio ato, a chofiodd ei fod ef wedi colli 'i dad *a'i* fam.

'Beth oedd gwaith eich tad?' gofynnodd Ruth Parry wedyn.

'Ruth fach . . .' meddai'r porthmon.

'Na, na, mae popeth yn iawn, Rhys Parry. Porthmon oedd e'
'run peth â chi.'

'Porthmon oedd e'? Iefe wir?'

'Ie.'

'Beth oedd 'i enw e'? Falle 'mod i wedi cwrdd ag e' rywdro
ar 'y nhaith.'

'Run enw â fi—Twm.'

'O Dregaron oedd e'?'

'Nage, o Shir Gâr oedd 'Nhad yn enedigol.'

Edrychodd Rhys Parry'n feddylgar ar draws yr aelwyd ar
Twm.

'Nid . . . na dyw hi ddim yn bosib . . . nid Twm Shir Gâr oedd
pobol yn 'i alw fe iefe?'

'Ie.'

'Y Nefoedd Fawr!'

'Pam? Oeddech chi'n 'i nabod e'?' gofynnodd Twm gan
hanner godi o'r sgiw.

'Yn 'i nabod e'! Ddalia' i 'mod i'n 'i nabod e'! Roedd pawb
oedd yn dilyn gwartheg i Lundain slawer dydd yn nabod dy dad,
fachgen. Roedd e'n baffiwr enwog—doedd 'na ddim llawer o
ddynion tua Llundain 'na a alle sefyll o'i fla'n e' yn y ring,
coelia di fi.'

'O,' meddai Twm, 'wyddwn i ddim. Roedd e' wedi marw cyn
i fi ga'l fy ngeni.'

'Marw, ddwedest ti? Wyddost ti sut y buodd e' farw, Twm?'

'Na wn i, na Mam ddim yn iawn. Rhyw ddamwain tua
Llundain—dyna'r unig wybodaeth gawson ni. Lladron pen
ffordd.'

'Hym,' meddai'r porthmon, 'wel . . .' Yna stopiodd ac
edrychodd ar Twm braidd yn anhapus. Gwelodd lygaid crwn
Huw yn edrych arno.

'Wyddoch chi beth ddigwyddodd iddo, Rhys Parry?'

'Wel . . . y . . .'

'Fe garwn i wybod.'

'Ruth,' meddai'r porthmon, i guddio'i anesmwythyd, 'ŷch chi

96

ddim yn meddwl 'i bod hi'n bryd i'r bachgen Huw 'ma fod yn 'i wely?'

Cododd Ruth Parry ar unwaith.

'Ydy, ac mae'n hen bryd i finne noswylio hefyd. Peidiwch chithe'ch dau bod ar lawr yn hwyr chwaith; rŷch chi wedi teithio 'mhell.'

'Fe gewch chi ddangos 'i stafell wely iddo 'te, Rhys,' meddai gan edrych ar Twm.

'Gwna', gwna',' meddai'r porthmon.

Dywedodd Ruth Parry a Huw 'Nos da'. Cynheuodd Ruth ddwy gannwyll, ac wedi estyn un i Huw, aeth y ddau tua'r llofft.

Ar ôl i ddrws y gegin gau closiodd Rhys Parry at y tân.

'Wel?' meddai Twm.

'Wel, os na ddweda' i wrthyt ti, fe fyddi di'n dychmygu pob math o bethau,' meddai Rhys. 'Fel hyn y digwyddodd hi. Roedd dy dad yn gyrru'r pryd hynny gyda'r hen Siôn Morgan o Ffaldybrenin. Roedd yr hen Siôn yn gyfoethog iawn—wedi gwneud 'i ffortiwn o'r gwartheg oedd e' wedi'u gyrru o Gymru i Loegr dros gyfnod maith o flynydde. Roedd e'n hen ŵr pan ddigwyddodd yr hyn rwy'n mynd i' adrodd nawr. Ond yn 'i amser roedd e'n un o'r dynion mwya' garw fuodd yn gyrru gwartheg erioed. Fe fydde'r hen borthmyn yn adrodd storïe rhyfedd amdano fe, roedd e'n ddigon cryf yn ei amser gore i gwympo tarw'n rhwydd, dim ond cydio yn 'i gyrn e'. Doedd dim yn well gan yr hen Siôn Morgan na brwydr â'i ddyrnau, yn enwedig â phorthmyn sir Aberteifi—fe wyddost am yr elyniaeth rhwng porthmyn sir Aberteifi a phorthmyn Shir Gâr. Ond fel y dwedes i, yn yr amser pan own i'n 'i nabod e' roedd Siôn yn hen ŵr cadarn, cyfoethog. A byth er pan ymunodd dy dad â phorthmyn Shir Gâr, roedd Siôn wedi cymryd diddordeb mowr ynddo fe. Wyt ti'n gweld, roedd dyn ifanc cryf, mentrus fel dy dad yn ddyn wrth fodd calon yr hen Siôn.

'Ond i dorri'r hanes yn fyr, roedd dy dad wedi dod yn baffiwr go enwog erbyn hyn. Wel, un bore Sadwrn, pan oedden ni i gyd yn paratoi i fynd tua thre o Lundain, wedi gwerthu'r gwartheg i gyd yn Smithfield a Barnet, fe ddaeth si o rywle fod 'na baffio i fod rhwng Twm Shir Gâr a Bill Stone o Smithfield. Roedd pawb yn gwybod am Bill Stone yn Llundain y pryd hynny, 'Battler Bill' oedd pawb yn 'i alw. Cigydd oedd e' wrth 'i waith bob dydd, ac roedd e' wedi curo bechgyn fel Alf Meade a Jo Abraham, ac roedd rhai o'r 'gentry' yn Llundain wedi dechre cymryd diddordeb ynddo fe. Un oedd wedi cymryd diddordeb arbennig ynddo fe oedd Syr James Willett, gŵr bonheddig ifanc a oedd yn gwastraffu 'i arian a'i amser yn Llundain pan ddyle fe fod gartre'n gofalu am 'i stad yn sir y Fflint. Wel, un noson roedd Syr James yn yfed gyda'i ffrindie mewn tŷ tafarn, ac yn ymffrostio fod ganddo fe baffiwr a allai guro unrhyw un yn Llundain. Roedd yr hen Siôn Morgan yn eistedd yng nghornel y stafell yn gwrando ar eiriau ffôl y bonheddwr ifanc.

'Ni ddywedodd yr hen Siôn yr un gair am amser. Yna dywedodd y dandi ifanc,

'"Mi fetia i gan gini y gall y 'Battler' guro unrhyw ymladdwr yn Llundain."

'Cododd Siôn Morgan ar 'i draed.

'"Mae gen i ddyn," meddai.

'Chwarddodd y dandi.

'"Ie," meddai, gan edrych ar ddillad gwladaidd Siôn Morgan, "ond y cwestiwn yw, a oes gennyt ti gan gini?"

'"Oes, mae gen i gan gini hefyd," meddai Siôn. Ac yn y fan a'r lle fe drefnwyd gornest rhwng Bill Stone a Twm Shir Gâr.

'Fe gyfarfu'r ddau nos trannoeth mewn lle agored ym marchnad Smithfield.'

'Oeddech chi yno, Rhys Parry?' gofynnodd Twm.

'Own, rown i yno, a'r porthmyn eraill bob un. Roedd y 'gentry' yno hefyd, wrth y dwsine. Pan ddringodd Stone i'r ring prin y gallwn i goelio fy llyged. Roedd e'n arferth o faint—yn ddwylath a hanner o ddyn rwy'n siŵr. Cofia, nid cyw o ddyn oedd dy dad, ond roedd e'n feinach dyn ac yn llai drosto i gyd. Cyn i'r ornest ddechre roedd pawb yn betio ar y cigydd—pawb ond Siôn Morgan wrth gwrs. A phan ddechreuodd y paffio fe gredodd pawb fod y cwbwl drosodd ar ôl y pum munud cynta'. Fe drawodd y cigydd dy dad o dan ei ên nes 'i fod e'n mesur 'i hyd ar y llawr. Fe weles i wyneb Syr James; roedd e'n gwenu'n braf.

'"Can gini, gyfaill!" medde fe wrth Siôn Morgan.

'Ond dyma dy dad yn codi. Roedd e'n go sigledig ar 'i draed ar y dechre, a phe bydde'r cigydd wedi rhoi un ergyd arall iddo bryd hynny mi fydde'r cyfan drosodd. Ond fe gadwodd o'i afael e' trwy symud 'i ben a'i gorff pan ddeuai Stone yn agos.

'Fe aeth hyn ymla'n am dipyn—y cigydd yn rhuthro o gwmpas y ring yn ceisio dal dy dad, a hwnnw'n 'i osgoi e' bob tro. Yn y diwedd fe gollodd y cigydd 'i dymer. Roedd e' fel dyn gwyllt yn rhuthro o gwmpas y ring, a dyna pryd y dechreuodd dy dad 'i daro fe 'nôl.

'Wyddost ti faint o amser barodd y frwydr, Twm?'

'Na wn i.'

'Wel, fe fuon nhw wrthi am ddwy awr gyfan, a'r cigydd fethodd godi o'r llawr y tro diwetha'. Dwy' i ddim yn siŵr beth ddigwyddodd wedyn. Fe weles i Siôn Morgan yn chwilio am Syr James ond roedd y gwalch wedi mynd.'

'Heb dalu'r can gini?'

'Ie. Doedd gan y gwalch ddim can gini i' talu. Fe glywes i wedyn 'i fod e' mewn dyled dros 'i ben a'i glustie.'

'Beth ddigwyddodd wedyn?'

'Wel, fe dyngodd Siôn Morgan y bydde fe'n cael 'i arian cyn mynd i gysgu'r noson honno. Roedd e'n gwbod ble'r oedd llety Syr James, ac fe benderfynodd e' a dy dad fynd i edrych amdano fe. Roedden nhw yn y tŷ bron cyn gynted â Syr James 'i hunan. Roedd e'n eistedd wrth y tân, a rhai o'i ffrindie gydag e' pan aeth dy dad a Siôn Morgan i mewn. Fe gafodd Syr James dipyn o sioc pan welodd e'r ddau yn cerdded i mewn. Nid dyn i chware ag e' oedd Siôn Morgan. Dyma fe'n gofyn yn swta am 'i arian. Fe geisiodd Syr James ddweud y bydde rhaid iddo aros rhai wythnose, ond fe dorrodd yr hen Siôn ar 'i draws e'.

'"Af fi ddim allan ô'r tŷ 'ma nes bydda' i wedi ca'l can gini!" meddai.

99

'Edrychodd y gwŷr bonheddig ar ei gilydd. Aeth yr hen Siôn yn nes at Syr James â'i ddau ddwrn mawr ynghau. Gwelodd Syr James 'i berygl. Fe drodd at 'i ffrindie am gymorth, ac o'r diwedd fe aeth un ohonyn nhw allan i rywle i geisio benthyg yr arian. Fe ddaeth hwnnw 'nôl ymhen hanner awr â'r arian gydag e'.

'Fe gychwynnodd dy dad a'r hen Siôn yn ôl am 'u llety wedyn. Roedd hi wedi mynd yn hwyr erbyn hyn, a strydoedd Llundain yn dywyll. Fe gafwyd y ddau bore trannoeth mewn stryd gefn. Roedd yr hen Siôn yn fyw ond roedd dy dad . . . wedi . . .'

'Beth oedd wedi digwydd, Rhys Parry?'

'Roedd rhywun wedi ymosod arnyn nhw yn y tywyllwch. Doedd 'na ddim dimai goch ym mhocedi'r un ohonyn nhw pan gafwyd nhw.'

'Ddwedodd Siôn Morgan ddim . . .?'

'O ie, anghofies i ddweud . . . ddaeth yr hen Siôn ddim ato'i hunan. Roedd e' wedi cael ergyd ar 'i ben, ac fe fuodd farw cyn pen wythnos.'

'Beth ŷch chi'n feddwl, Rhys Parry? Ŷch chi'n meddwl fod gan y gwŷr bonheddig rywbeth i' 'neud â'r peth?'

'Wel, does gen i ddim prawf, wrth gwrs, ond rwy'n ame Syr James a'i ffrindie. Dyn melltigedig fuodd Syr James erioed.'

'Ydy e'n fyw nawr?'

'Ydy, mae e'n fyw.'

Bu distawrwydd yn y gegin am amser hir. Yna dywedodd Rhys Parry, 'Wel, Twm bach, mae'n well i ni fynd i'r cae nos.'

PENNOD XIV

Aeth yr wythnosau heibio'n dawel ond yn ddifyr ar fferm Llethr Mawr. Teimlai Twm yn hapus iawn yno. Erbyn hyn daethai i adnabod y gweision, bedwar ohonynt, a threuliai lawer noson ddifyr yn eu cwmni ar lofft y stabl, lle cysgai'r pedwar.

Aeth y gaeaf heibio a chiliodd yr eira o fynydd Epynt; daeth y gog yn ôl i Gymru, ac wedyn yr oedd digon o waith i'w wneud ar y ffarm.

Un noson ym mis Ebrill aeth Twm ar gefn un o ferlod Llethr Mawr, dros y mynydd i Lanymddyfri i weld ei fam.

Yr oedd hi'n falch iawn o'i weld, wrth gwrs, gan ei bod wedi clywed yr hanes amdano'n dianc ar gefn y gaseg ddu. Daethai rhyw dincer crwydrol â'r hanes i gyd o Dregaron. Daethai'r tincer â newyddion eraill hefyd. Yr oedd Syr Anthony wedi priodi yn gynnar ym mis Ionawr ag Eluned Morgan o Giliau Aeron. Yn ôl yr hyn a ddywedodd y tincer, nid oedd Eluned wedi priodi'r Sgweier ifanc o'i dewis ei hunan, yn wir yr oedd stori ar led ei bod wedi herio'i thad am dipyn. Ond yr oedd Wiliam Morgan yn benderfynol na châi'r cyfle yma i briodi ei ferch, ag un o wŷr bonheddig enwoca'r sir, fynd heibio. Ac wedi bygwth ei diarddel a'i throi allan o'i chartref fe lwyddodd Wiliam Morgan i'w pherswadio.

Yn awr yr oedd pawb ond Eluned yn hapus. Teimlai Wiliam Morgan yn hapus am fod priodas ei ferch â Sgweier ifanc y Dolau yn rhoi lle uchel iddo ymysg boneddigion mwya'r sir. Yr oedd Syr Anthony'n hapus am ei fod, nid yn unig wedi cael un o ferched hardda'r sir yn wraig iddo, ond am ei fod hefyd wedi dod yn gyfoethog unwaith eto, trwy'r waddol fawr a roddodd Wiliam Morgan i'r pâr ifanc ar ddydd eu priodas.

Meddyliai Twm am lawer o bethau wrth ddychwelyd dros y mynydd yn hwyr y noson honno. Rywfodd neu'i gilydd ni allai

lai na meddwl am Eluned Morgan. Gwyddai na fu meistres harddach na hi ym Mhlas y Dolau erioed, a gwyddai hefyd y byddai'n cyflawni ei gwaith fel boneddiges y Plas cystal â neb a fu yno o'i blaen. Ond er ei fod yn teimlo na allai dim gwell ddigwydd yn hanes hen Blas y Dolau na chael Eluned yn feistres yno, eto ni allai lai na theimlo'n drist. Yna fe geisiodd wthio Tregaron a phawb yno allan o'i feddwl.

Yn niwedd Ebrill cychwynnodd Rhys Parry ar ei daith unwaith eto o gwmpas ffermydd Brycheiniog, Aberteifi a Chaerfyrddin i brynu gwartheg. Nid aeth Twm gydag ef. Arhosodd ef yn Llethr Mawr i helpu gyda gwaith y fferm. Erbyn hyn yr oedd digon o waith i bawb, ac yr oedd y gweision eraill yn falch fod Twm yno.

Bu Rhys Parry oddi cartref am ddeufis, ac yn ystod yr amser hwnnw daeth Twm a Huw bach yn gyfeillion mynwesol.

Daeth Huw'n ffrind i'r gaseg hefyd, ac ef oedd yr unig un, ar wahân i Twm ei hunan, a gâi ei marchogaeth ar y llechweddau o gwmpas Llethr Mawr. Yr oedd cael mynd ar gefn y gaseg yn ddigwyddiad pwysig i Huw bob tro. Nid oedd creadur tebyg iddi yn yr holl fyd. Wrth garlamu ar ei chefn a theimlo'r gwynt yn ei wyneb, teimlai ryw hapusrwydd mawr iawn.

Pan ddaeth Rhys Parry tua thre dywedodd iddo drefnu mynd â phum cant o wartheg i Lundain cyn diwedd yr haf. Dywedodd y byddai'r gwartheg yn mynd mewn dau yr mawr o ddau gant a hanner yr un. Byddai'r gyr cyntaf yn cychwyn dridiau o flaen y llall.

Aeth mis arall heibio a chychwynnodd y cynhaeaf gwair ar fferm Llethr Mawr. Ond cyn cael y cyfan o'r gwair o dan do, dechreuodd y gwartheg gyrraedd. Daeth un gyr o gant a hanner o sir Aberteifi â thri gyrrwr ar eu holau. Daethai'r gyr trwy Dregaron a Llanddewi, yna dros y mynydd ac i lawr i ddyffryn Tywi. Yna, ar ôl croesi'r afon, i fyny i'r bryniau eto, gan osgoi hen dref Llanymddyfri, nes dod o'r diwedd i Ferthyr Cynog. Ar ôl cyrraedd Llethr Mawr gosodwyd y gwartheg yn y caeau gleision yn y rhan isa' o'r fferm.

Dridiau'n ddiweddarach daeth gyr sir Frycheiniog. Cant o wartheg cochion braf oedd yn honno, a throwyd hwythau hefyd i dir y godre i bori.

Yn awr dechreuwyd marcio'r gwartheg bob un—eu 'nodi' oedd gair Rhys Parry am y gwaith. Paent gwyn oedd ganddynt yn nodi. Y nod a ddefnyddiai Rhys Parry ar ei wartheg oedd y llythrennau MC—sef llythrennau cyntaf Merthyr Cynog ac nid llythrennau cyntaf ei enw ei hun, a phan ofynnodd Twm iddo pam, gwenodd y porthmon a dweud,

'Wel, yn y lle cynta' mae M a C yn haws i'w torri ar gefn eidion nag R a P, a pheth arall, does dim eisie i bawb wybod pa wartheg ydyn nhw, mae'n ddigon 'mod i a'r bechgyn yn gwybod.'

Aeth tridiau arall heibio a rhai o'r dynion yn gweithio wrth y gwair a'r lleill yn nodi'r gwartheg.

Yna, yn hwyr un prynhawn, clywyd sŵn brefu mawr yn dod o'r cwm ymhell islaw Llethr Mawr. Yr oedd gyr sir Gaerfyrddin yn dod.

Yr oedd hi'n hawdd deall oddi wrth y brefu pell fod hon yn yr mawr iawn. Daeth y gwartheg blaenaf i'r golwg dros ysgwydd y cwm. Nid oedd Twm wedi gweld golygfa debyg erioed. Yr oedd yr awyr yn llawn o gyrn hirion a'r rheini'n gwau trwy ei gilydd. Yna daeth dyn barfog ar gefn merlyn blewog tuag at y clos.

Safai Twm a Rhys a Huw wrth fwlch y clos yn gwylio'r marchog yn nesáu.

'Ifor y Cwympwr,' meddai Rhys Parry.

'Ifor y Cwympwr?' meddai Twm.

'Ie. Mae Ifor yn fachgen defnyddiol iawn i rywun fel fi, Twm. Mae e'n of, mae'n yrrwr ardderchog ac ae e'n ddigon cryf pan yw hi'n amser cwympo'r bustych i'w pedoli nhw. Ond gwaetha'r modd, dyw Ifor ddim yn ddyn hawdd i' drin; mae ganddo fe dymer wyllt iawn ar brydie. Rwy'n cofio'r tro diwetha' buodd e' gyda ni yn Llunden, fe . . .'

Ond yr oedd y marchog yn rhy agos i Rhys fynd ymlaen â'i stori.

'Hei, Ifor!' gwaeddodd Rhys yn groesawus, 'sut siwrne ge'st ti?'

'Gweddol, Rhys Parry,' meddai'r Cwympwr yn swta, 'ond credwch fi, oni bai amdana' i, fydde'r gwartheg ddim yma tan wythnos nesa'.'

'O?'

'Rhaid i chi gael gwell gyrwyr, Rhys Parry, neu fe fydd rhaid i fi edrych am waith gyda rhywun arall. Dyw'r bechgyn 'ma sy' gyda fi'r tro 'ma ddim yn werth 'u halen. Huw, cymer y ceffyl 'ma, a gofala roi tipyn o geirch iddo nawr, nid rhyw ddyrned o wair sych.'

Disgynnodd y Cwympwr oddi ar gefn ei geffyl ac aeth Huw â'r anifail ymaith. Yna edrychodd y Cwympwr ar Twm. Am eiliad bu'r ddau'n edrych ar ei gilydd, a gwyddai'r ddau o'r funud honno, na fyddai dim cyfeillgarwch rhyngddynt byth.

'Pwy yw'r dyn dierth 'ma 'te, Rhys Parry?' meddai'r Cwympwr.

'O, mae e'n gweithio gyda fi,' atebodd Rhys.

'Oes enw arno fe?'

'Twm yw 'i enw fe—Twm Siôn Cati.'

'Twm Siôn Cati? Arhoswch chi—ydw i wedi clywed yr enw 'na o'r bla'n?'

'Dwy' i ddim yn credu, Ifor,' atebodd Rhys yn anesmwyth.

'O ble mae'r gŵr bonheddig yn dod, Rhys Parry?' meddai'r Cwympwr haerllug wedyn.

'Meindia dy fusnes!' Edrychodd y Cwympwr yn syn ar Twm, oherwydd fe oedd wedi ateb, ac nid Rhys Parry.

'Beth ddwedest ti?' gofynnodd, fel petai'n gwrthod credu ei glustiau.

'Meindia dy fusnes,' meddai Twm wedyn, gan edrych yn syth i'w lygaid.

'Wel, wel, Rhys Parry,' meddai'r Cwympwr, 'mae'n debyg fod eisie torri crib y ceiliog ifanc 'ma!'

'Ifor, gad hi nawr!' gwaeddodd Rhys. Yna mewn llais mwy tawel dywedodd,

'Tyrd i'r tŷ i ti gael glasied a thipyn o fwyd; mae Ruth yn disgwyl.'

Bu'r Cwympwr mewn dau feddwl am dipyn, yna aeth gyda Rhys am y tŷ.

'Fe ga' i dy weld di 'to, gŵr bonheddig,' meddai dros ei ysgwydd wrth Twm.

'Fydda' i 'ma,' atebodd Twm, gan fynnu cael y gair ola' am y tro.

*   *   *

Trannoeth fe fu prysurdeb gwyllt yn Llethr Mawr. Âi Rhys Parry o gwmpas â'i wyneb coch yn fwy coch nag arfer. Yn awr, â gyr sir Gaerfyrddin wedi cyrraedd, yr oedd yn awyddus i gael gwartheg sir Aberteifi a sir Frycheiniog ar eu taith.

'Rhaid iddyn nhw fynd bore 'fory, Twm,' meddai, 'neu fe fyddan nhw wedi bwyta porfa Llethr Mawr bob blewyn! Rwy'n gobeithio mynd â nhw cyn belled â Thalgarth erbyn nos yfory; rwy' i wedi trefnu 'u bod nhw'n ca'l 'u pedoli yno.'

'Beth fydd 'y ngwaith i, Rhys Parry?' gofynnodd Twm.

'Wel, rown i wedi meddwl i ti fynd o'n blaene ni bob dydd i ofalu fod lle gyda ni i roi'r gwartheg dros nos. Wnâi hi ddim mo'r tro i ni gyrraedd Castell Paen neu Henffordd a ffeindio nad oes gyda ni ddim cae i droi'r gwartheg iddo ar ddiwedd y dydd. Yn ystod y rhan fwya' o'r dydd, wrth gwrs, rwy'n gobeithio y cawn ni dy help di i yrru.'

'Ie,' meddai Twm, 'y . . . ynglŷn â'r gaseg ddu . . .?'

'Ie?'

'Wel, rown i'n meddwl y bydde hi'n well i fi 'i gadel hi 'ma. Fe fydde Huw'n siŵr o edrych ar 'i hôl hi . . .'

'Ond mae Huw . . .'

'Mae Huw'n ca'l llaw dda arni.'

'Ond Twm, mae Huw'n dod gyda ni.'

'Huw'n dod gyda ni?'

'Ydy. Mae e' wedi bod yn poeni enaid Ruth a finne eisie ca'l dod. A wyddost ti—mae e'n bymtheg oed, ac rwy' inne'n dechre mynd yn hen; dwy' i ddim yn siŵr y bydda' i'n mynd â gwartheg i Lundain ar ôl 'leni. Ac rwy' i wedi addo iddo fe. Cofia, mae croeso i ti adel y gaseg yng ngofal y gweision 'ma. Fe fyddan nhw'n . . .'

'Na, Rhys Parry, os yw Huw'n mynd i Lundain, fe af fi â'r gaseg. Fyddwch chi'n dod gyda'r yr cynta'?'

'Byddaf. Fe fydd Dai'r Gwas Mowr yng ngofal yr ail. Mae e'n hen law ar y gwaith, ac os daw rhywun â'r gwartheg i Smithfield—fe ddaw e' â nhw.'

'Pwy arall fydd yn mynd gyda ni?'

'Ti a fi a Huw, wrth gwrs, y Cwympwr a'r ddou Gardi.'

'Y ddou Gardi?'

'Ie, ie. Wyt ti'n gwbod—y ddou 'na ddaeth gyda gwartheg sir Aberteifi.'

'O, mae Ifor y Cwympwr yn dod gyda ni ydy e'?'

'Ydy. I ddweud y gwir wrthot ti, mae e'n un da gyda gwartheg. Ond un anwadel iawn yw e', ac mae e'n rhy hoff o'r ddiod, gwaetha'r modd, dyna pam rwy' i am fod wrth law i gadw llygad arno fe. A pheth arall, dyw e' a'r Gwas Mowr yn cytuno dim â'i gilydd—mae'r ddou fel y ci a'r hwch.'

'Fe ddwedwn i nad yw e' Ifor ddim yn cytuno llawer â neb.'

'Rwy' i am i ti 'i adael e' o dan sylw, Twm. Paid â chweryla ag e'. Un cas yw e', cofia, ac mae e' mor gryf â cheffyl. Mae'n rhyfedd i' weld e'n towlu eidion—fe gei di weld pan fyddwn ni'n pedoli yn Nhalgarth.'

*   *   *

Yr oedd Huw yn y stabl yn cribo mwng y ferlen fach, foliog a oedd i'w garyo i Lundain ac yn ôl. Teimlai'n gynhyrfus iawn. Nid oedd wedi bod ar daith debyg i hon erioed, ond yr oedd wedi clywed llawer o straeon rhyfedd gan y Gwas Mawr, a oedd wedi bod yn Llundain ddegau o weithiau.

Clywodd Huw sŵn traed trwm yn dod i mewn i'r stabl. Trodd ei ben a gweld mai Ifor y Cwympwr oedd yno.

Aeth Ifor heibio i Huw ac at ei geffyl ei hunan.

'Huw! Y cythrel bach â ti!'

'Be' sy'?' gofynnodd Huw mewn dychryn.

'Be' sy'?' gwaeddodd y Cwympwr, 'rown i'n meddwl 'mod i wedi dweud wrthot ti am roi ceirch i'r ceffyl 'ma?'

'Ond mae e' wedi cael ceirch . . .'

'Wel, does 'na ddim ceirch o'i fla'n e' nawr. Dim ond dyrned o wair sych.'

'Mae'n rhaid 'i fod e' wedi bwyta'r ceirch . . .'

'Wel, rho ragor iddo fe. Wyt ti'n clywed?'

'Ydw,' meddai Huw, gan frysio i ufuddhau.

'Aros!' meddai'r Cwympwr, gan gydio yng ngholer ei got. 'Rwy'n deall dy fod di'n dod gyda ni i Lunden.'

'Ydw.'

'Wel, gad i ni ddeall ein gilydd cyn dechre. Pan fydd Ifor y Cwympwr yn dweud wrthot ti am 'neud rhywbeth, fe fydd hi'n talu'r ffordd i ti 'i 'neud e'. Wyt ti'n deall?'

'Ydw.'

'Wel, dos i mofyn y ceirch 'na nawr 'te.'

Trodd y Cwympwr am y drws, ac wrth wneud hynny syrthiodd ei lygaid ar y gaseg ddu.

'Wel, wel, wel! Beth yw'r creadur crand 'ma 'te?'

Nid atebodd Huw.

'Pwy piau hi?' gofynnodd y Cwympwr wedyn.

'Caseg Twm yw hi,' meddai Huw o'r diwedd.

'Twm?'

'Ie, Twm Siôn Cati.'

'Beth!' Aeth y Cwympwr yn nes at y gaseg ac edrychodd yn fanwl drosti i gyd.

'Wyt ti'n dweud mai'r Twm Siôn Cati 'na piau hon?' Chwarddodd y Cwympwr.

'Oddi ar pryd y mae gweision Rhys Parry'n gallu fforddio caseg fel hon? Beth?'

107

Nid oedd Huw wedi dweud gair.

Daeth y Cwympwr yn nes ato eto, gan edrych yn feddylgar iawn.

'Twm Siôn Cati iefe? Os yw hynna'n wir, mae 'na ryw ddirgelwch ynglŷn â'r gwalch yna, rhywbeth na wyddon ni ddim amdano . . . Pwy yw Twm Siôn Cati?'

'Wn i ddim,' meddai Huw.

'O ble mae e'n dod?'

'O Dregaron,' atebodd Huw'n dawel.

'O Dregaron iefe?'

'Ie.'

'Beth yw enw 'i gartre fe yn Nhregaron?'

'Wn i ddim.'

Edrychodd y Cwympwr i fyw ei lygaid.

'Gobeithio dy fod di'n dweud y gwir, 'y machgen i. Beth yw 'i fusnes e' yn Llethr Mowr?'

Ysgydwodd Huw ei ben.

Edrychai'r Cwympwr yn amheus arno.

'Na hidia, fe fydda' i'n cadw llygad arno fe.'

Yna gan daflu llygad dros y gaseg ddu unwaith eto, aeth allan o'r stabl.

PENNOD XV

Yr oedd tafarn y 'Drovers Arms' yn Nhalgarth yn llawn—yn llawn dynion, yn llawn sŵn, yn llawn mwg tybaco.

Eisteddai Ifor y Cwympwr yng nghornel y gegin fawr â mesur chwart o gwrw yn ei law. Yn ei ymyl eisteddai dyn bychan mewn cot a fu unwaith yn las, ond a oedd yn awr yn llwydwyn gan henaint.

Yr oedd y dyn bach eisoes yn feddw, a gwenai fel ffŵl ar bawb o'i gwmpas, yn enwedig ar Ifor y Cwympwr.

Yn sydyn gwaeddodd rhywun,

'Tawelwch! Mae'r Cardi'n mynd i ganu i ni!' Yr eiliad nesaf neidiodd gŵr ifanc tal i ben y bwrdd.

'Tawelwch i'r Cardi!'

Edrychodd y Cardi ifanc o gwmpas y gegin, yna dechreuodd ganu hen gân werin o sir Aberteifi:

'Mae gen i farch glas a hwnnw'n towlu,
Does dim o'i fath yn sir Aberteifi . . .'

Yr oedd ganddo lais hyfryd, ac wrth ganu dawnsiai'n ysgafn ar ben y bwrdd. Dechreuodd y dynion yn y dafarn symud yn ôl a blaen gyda'r miwsig. Ond edrych yn wgus a wnâi Ifor y Cwympwr; nid un i fwynhau cân oedd ef. Galwodd am chwart arall o gwrw, ac wedi ei gael cymerodd ddracht hir ohono. Yna trodd at y dyn bach a eisteddai yn ei ymyl.

'Wel, Ianto,' meddai, 'ydy tincera'n talu'r ffordd y dyddiau 'ma?'

Ysgydwodd y dyn bach ei ben.

'Rwy' i wedi bod yn dincer nawr ers deugain myl-mylynedd,' meddai â'i dafod yn dew, 'ac mae'n . . . mae'n mynd yn waeth . . . yn waeth bob blwyddyn. Tawn i'n gryf . . . fel ti . . . nid tincer fyddwn i.'

'O? Beth 'te?'

'Porthmon. Ie, porthmon. Rwy'n siŵr dy fod ti . . .' Cododd y tincer meddw ei fys a phwyntio at Ifor. 'Rwy'n siŵr dy fod ti yn g'neud arian da . . . dyn cryf fel ti . . .'

Gwenodd y Cwympwr yn wawdlyd.

'Un cyfrwys wyt ti, Ianto Tincer. Rwyt ti'n disgw'l i fi dalu am beint i ti nawr, gwlei?'

Gwenodd y Tincer fel ffŵl.

'Rwyt ti wedi ca'l gormod yn barod,' meddai Ifor.

'Gormod? Gormod?'

Chwarddodd y Cwympwr.

'Na, does dim gormod i' ga'l i ti, sbo.'

Cododd ei fys ar y forwyn, a chyn bo hir daeth honno â pheint llawn i'r Tincer.

'Ble rwyt ti wedi bod yn ddiweddar?' gofynnodd Ifor.

'Bob man . . . y . . . Tregaron, Llanbed . . . y . . . Llan'ddyfri . . . bob man.'

Bu'r Cwympwr yn ddistaw am funud, yna gofynnodd,

'Glywest ti sôn erioed am Twm Siôn Cati yn Nhregaron?'

Yn lle ateb cymerodd y Tincer ddracht o'i beint. Daeth y Cardi ar ben y bwrdd i ddiwedd ei gân a cheisiodd ddod i lawr i'r llawr. Ond nid oedd ei wrandawyr wedi cael digon eto.

'Un gân arall!'

'Unwaith 'to!' gwaeddodd sawl llais gyda'i gilydd.

'Glywest ti 'nghwestiwn i?' gofynnodd y Cwympwr yn ddiamynedd.

Edrychodd y Tincer yn syn arno.

'Pa . . . pa gwestiwn?' gofynnodd yn ddryslyd.

'Glywest ti sôn am Twm Siôn Cati yn Nhregaron?'

Edrychai'r Tincer fel pe bai'n ceisio meddwl. Wrth fyfyrio uwchben y cwestiwn siglai ei ben yn ôl ac ymlaen fel pendil cloc.

Trodd y Cwympwr ei gefn ato.

Yna dechreuodd y Cardi ganu unwaith eto. Yr un gân oedd ganddo.

'Mae gen i farch glas . . .'

Cydiodd y Tincer ym mraich Ifor y Cwympwr.

'Wel?' meddai hwnnw'n sarrug.

'Rwy' wedi cofio . . . do, rwy' wedi cofio.'

Ni chymerodd y Cwympwr fawr o sylw. Yr oedd wedi blino ar ôl bod yn pedoli'r gwartheg drwy'r dydd, ond yn awr teimlai ei fod wedi blino fwy ar gwmni'r Tincer meddw. Meddyliai am fore trannoeth pan fyddai'r gwartheg yn cychwyn o Dalgarth tua Chastell Paen a Henffordd a'r funud honno nid oedd yn meddwl am ddim ond am ei wely, oherwydd gwyddai y byddai Rhys Parry'n disgwyl iddynt gychwyn gyda'r dydd.

Ond tynnai'r Tincer wrth ei lawes.

'Rwy' wedi cofio . . . Twm Siôn Cati.'

Trodd y Cwympwr ato.

'Wel?'

'Clywed y Cardi'n canu . . . dyna beth wnaeth i fi gofio . . . ie.'

'Cofio beth?'

'Mae gen i farch glas . . . Hi! Hi! Hi! . . . mae gen i gaseg ddu . . .'

Yn awr yr oedd y Cwympwr yn glustiau i gyd.

'Ie?'

'Wel,' meddai'r Tincer yn bwyllog a difrifol, 'Twm Siôn Cati . . . ie . . . Twm Siôn Cati ddygodd gaseg y Sgweier . . . caseg ddu'r Sgweier . . . ie.'

Edrychai'r Cwympwr drwyddo.

'Pa Sgweier?' gofynnodd gan geisio swnio'n ddifater.

'Sgweier Plas y Dolau . . . O fuodd 'na le ofnadw' . . . caseg werth arian mowr hefyd . . . pe byddwn i'n gwbod ble mae Twm Siôn Cati . . . fyddwn i'n gyfoethog . . . byddwn . . . Ianto Tincer yn gyfoethog.'

'Beth wyt ti'n feddwl?'

'Ond . . . mae'r Sgweier bach wedi addo ugain punt . . . do ugain punt . . .'

'Am beth?'

'Am ga'l y gaseg 'nôl. Ugain punt . . . ond mae Twm Siôn

111

Cati . . . a'r gaseg . . . wedi diflannu . . . Mae gen i farch glas a hwnnw . . .'

Dechreuodd y Tincer ganu mewn llais aflafar. Ond yn sydyn teimlodd law gref y Cwympwr yn cydio yn ei war a'i godi'n ddiseremoni ar ei draed.

Sobrodd y Tincer beth ac edrychodd ar y Cwympwr mewn tipyn o fraw.

Teimlodd y Cwympwr yn ei dynnu tuag ato.

'Wyt ti'n dweud fod Sgweier y Dolau yn fodlon rhoi ugain punt am gael y gaseg 'nôl?' Edrychai'r Cwympwr yn fileinig.

'Dyna glywais i yn Nhregaron,' meddai'r Tincer.

'Dyna i gyd sydd eisiau—mynd â'r gaseg 'nôl—ac fe fydd y Sgweier yn talu ugain punt?'

'Ie. Ond mae Twm Siôn Cati a'r gaseg wedi diflannu ers misoedd. Mae sôn fod Twm wedi mynd yn lleidr pen ffordd.'

'Fe wn i ble mae Twm Siôn Cati a'r gaseg,' meddai'r Cwympwr.

'Beth?'

'Mae e' a'r gaseg yma yn Nhalgarth.'

Cyn gynted ag y dywedodd y geiriau hyn gwelodd Ifor olwg gyfrwys ar wyneb y Tincer, a gwyddai ei fod wedi gwneud camgymeriad.

'Yma yn Nhalgarth!' meddai'r Tincer yn ddistaw.

Edrychodd Ifor yn ffyrnig arno.

'Na hidia'r gwalch meddw, chei di mo'r ugain punt yna!'

Fe geisiodd y Tincer ymddangos yn wasaidd.

'Ond fi ddaeth â'r newydd . . . fe ddylswn i gael rhan o'r arian . . . pum punt . . . rwy'n fodlon ar bumpunt . . .'

Edrychodd Ifor i fyw ei lygaid a gwenodd yn wawdlyd.

Cydiodd y Tincer yn ei fraich, ond gwthiodd Ifor ef ymaith yn drwsgl, nes i'r dyn bach gwympo ar y fainc yn ymyl y mur.

'Rwy' i newydd dalu am beint i ti,' meddai Ifor gan chwerthin, 'bydd yn ddiolchgar.'

Ni ddywedodd y Tincer air, dim ond edrych ar Ifor trwy gil ei lygaid.

Trodd y Cwympwr ei gefn arno. Teimlai fod y dyn bach wedi ateb ei bwrpas, a'i fod yn rhy ddibwys i haeddu rhagor o sylw.

Teimlai Ifor yn gynhyrfus. Gwyddai ei fod wedi darganfod cyfrinach fawr Twm Siôn Cati, a gwyddai hefyd fod cyfle sydyn wedi dod iddo ef ennill swm mawr o arian, dim ond iddo drefnu pethau'n ofalus.

Ond piti iddo ddweud wrth y Tincer fod Twm yn Nhalgarth. Taflodd un cip dros ei ysgwydd. Yr oedd y dyn bach yn lled-orwedd ar y fainc â'i lygaid yn hanner cau. Gwenodd Ifor. Nid oedd y Tincer yn debyg o fod yn rhwystr iddo.

Yr oedd hi'n hwyr erbyn hyn, a dechreuodd pethau dawelu yng nghegin y 'Drovers Arms'. O un i un aeth y cwsmeriaid allan a chyn bo hir nid oedd neb ond Ifor a'r Tincer ar ôl. Daeth Gŵr y Tŷ a'r forwyn i glirio'r gwydrau. Edrychodd Ifor i gyfeiriad y fainc lle'r oedd y Tincer. Yr oedd llygaid hwnnw ynghau, fel pe bai'n cysgu'n drwm.

Gwenodd Ifor wrtho'i hunan, yna aeth allan drwy'r drws.

Ond cyn gynted ag y caeodd y drws fe agorodd y Tincer ei lygaid. Cododd ar ei draed a cherdded yn frysiog at y drws. Pe bai Ifor wedi ei weld y funud honno, byddai'n anodd ganddo gredu fod dyn a oedd mor feddw beth amser ynghynt, yn gallu cerdded mor sionc.

'Pw!' meddai'r tafarnwr wrtho'i hunan, 'Dyna beth oedd noson brysur! Ond fe fydd hi'n dawelach nos yfory ar ôl i'r porthmyn ymadel.'

PENNOD XVI

Y noson honno lletyai Rhys Parry, Huw a Twm Siôn Cati yn nhafarn y 'Swan', yr ochr arall i'r ffordd o'r 'Drovers'. Gan eu bod yn cychwyn yn y bore bach trannoeth gyda'r gwartheg, aethai'r tri i'r gwely ymhell cyn hanner nos.

Gosodwyd Twm i gysgu mewn ystafell fechan yn nho'r dafarn, ac yn union o dano yr oedd ystafell Rhys Parry a Huw.

Ni chysgodd Twm ar unwaith ar ôl mynd i'r gwely. Wrth orwedd yno gallai glywed sŵn y canu yr ochr arall i'r ffordd yn y 'Drovers Arms'. Ond yr oedd Twm wedi blino'n arw, ar ôl bod wrthi drwy'r dydd yn dal y gwartheg i'w pedoli, a chyn bo hir dechreuodd deimlo'n gysglyd. Meddyliodd am y pedoli diddiwedd, o fore hyd nos, ac aeth i gysgu â phictiwr o Ifor y Cwympwr o flaen ei lygaid—Ifor â'i freichiau anferth yn taflu'r eidionau un ar ôl y llall.

*   *   *

Dihunodd Twm yn sydyn, a daeth yn gwbwl effro ar unwaith. Yr oedd hi'n dywyll yn ei ystafell, ond deuai golau'r lleuad i mewn trwy un ffenest fach, fach yn y to.

Beth oedd wedi ei ddihuno? Yna clywodd sŵn gweryru'n dod o'r stabl ymhell o dano. Rywfodd neu'i gilydd gwyddai mai'r gaseg ddu oedd wedi gweryru, a dechreuodd deimlo'n anesmwyth. Ond pam? Nid oedd dim yn anarferol yn y ffaith fod caseg wedi gweryru yn y nos. Ond gwyddai yn ei esgyrn fod rhywbeth o le.

Cododd o'i wely ar unwaith. Gwisgodd amdano'n frysiog ac aeth allan o'r ystafell ac i lawr y grisiau. Yr oedd y dafarn yn dywyll a phawb wedi noswylio.

Yn ddistaw bach tynnodd y pâr ar ddrws y cefn ac aeth allan

114

i'r buarth. Yr oedd hi'n olau leuad fel dydd, a gallai weld y stablau yn union o'i flaen.

Yna gweryrodd y gaseg eto. Y tro hwn gwyddai Twm ei bod wedi dychrynu.

Rhedodd ar draws y buarth.

Gwelodd fod drws y stabl led y pen a dechreuodd ofni'r gwaetha'. Aeth i mewn drwy'r drws. Nid oedd golau, ond golau'r lleuad yn y stabl. Aeth Twm yn syth at y gaseg. Fel y digwyddai yr oedd hi gyferbyn â'r ffenest, a gallai ei gweld yng ngolau gwan y lleuad trwy'r gwydr.

Sylwodd ei bod yn anesmwyth iawn. Beth oedd wedi ei tharfu? Efallai mai ci neu rywbeth oedd wedi codi ofn arni. Siaradodd yn isel â hi a rhoi ei law ar ei chefn. Yr oedd hi'n crynu fel deilen.

'Oes rhywun 'ma?' meddai Twm yn uchel, gan edrych yn graff o'i gwmpas.

Dim ateb.

Ond yr oedd rhyw reddf yn dweud wrtho fod yna rywun yn y stabl. Rywle yn y conglau tywyll yr oedd rhywun yn dal ei anadl—rhywun yn ei wylio.

Fe'i teimlodd Twm ei hunan yn dechrau colli ei dymer; dyna a ddigwyddai bob amser pan ddeuai perygl i'w wrdd.

'Pwy sy' 'na?' gofynnodd wedyn, yn uchel.

Clustfeiniodd, ond nid oedd un sŵn yn y stabl; yr oedd hyd yn oed y ceffylau'n ddistaw, fel pe baent yn gwrando.

Ond yr eiliad nesaf clywodd Twm y sŵn bach lleiaf yn y gwellt ar y llawr y tu ôl iddo. Cyn iddo gael amser i droi ei ben disgynnodd rhywbeth trwm ar ei gorun. Fe deimlodd fflach o boen yn ei ymennydd, yna syrthiodd yn llipa ar lawr y stabl.

Daeth Twm ato'i hunan yn araf. Yr unig beth a'i blinai i ddechrau oedd y cur yn ei ben. Yna cofiodd ei fod wedi dod i'r stabl i edrych beth oedd yn blino'r gaseg ddu. Cododd yn ansicr ar ei draed. Ond nid oedd y gaseg yno. Meddyliodd am eiliad fod ei lygaid yn ei dwyllo, ond na, nid oedd sôn amdani yn un man.

Rhuthrodd allan i'r buarth ac edrychodd o gwmpas. Ond yr oedd y buarth yn hollol wag.

Ond yn y cysgodion dan fargod y stabl gwelodd rywbeth yn symud. Rhuthrodd tuag ato. Estynnodd ei freichiau a chydiodd mewn cot frethyn arw a llusgodd ei pherchennog allan i olau'r lleuad. Edrychodd ar wyneb gwelw a hwnnw'n rhychiau i gyd.

'Ble mae'r gaseg?' gofynnodd Twm rhwng ei ddannedd.

'Mae hi wedi mynd,' atebodd y carcharor.

'Wedi mynd! Mynd i ble?'

'Yn ôl i Dregaron mae'n debyg.'

''Nôl i Dregaron? Ond . . . Pwy wyt ti?'

'Ianto'r Tincer mae pawb yn fy ngalw i . . .'

'Pwy aeth â'r gaseg?'

'Ifor y Cwympwr.'

Bu Twm yn ddistaw am funud, ond daliai ei afael yng ngholer cot y Tincer.

'Ond pam . . .?' meddai Twm yn ddryslyd.

'Am i mi ddweud wrtho fod Sgweier y Dolau wedi addo ugain punt i unrhyw un a ddeuai â'r gaseg 'nôl. I ddweud y gwir wrthyt ti . . . rown i wedi meddwl ca'l rhan o'r arian . . .'

Gwthiodd Twm y dyn bach oddi wrtho'n ddiamynedd. Yr oedd wedi clywed digon. Sylwodd y Tincer ar yr olwg ofnadwy ar ei wyneb yng ngolau'r lleuad, a meddyliodd mai'r peth gorau iddo ef fyddai cilio i rywle o'r ffordd. A dyna a wnaeth. Aeth lwyr ei gefn tua'r lôn fach oedd yn arwain o glos y 'Swan' i'r stryd tu allan. Ni rwystrodd Twm mohono. Yn wir ni welodd mohono'n mynd. Safai ar ganol y buarth fel dyn wedi drysu. Heb yn wybod iddo'i hunan, cerddodd ar ôl y Tincer tua'r lon fach gul ac allan i'r stryd.

Yr oedd y gaseg wedi mynd. Gwyddai mai ofer fyddai ceisio ei dilyn. Fe fyddai hi yn Nhregaron o flaen unrhyw geffyl yn y byd.

A beth oedd yn mynd i ddigwydd iddo ef nawr? Pan ddeuai'r bore byddai Rhys Parry'n galw arno i fynd gyda'r gwartheg i Lundain. Yn sydyn gwyddai na allai fynd. Byddai cychwyn gyda'r gwartheg o Dalgarth yn golygu mynd ymhellach oddi wrth y gaseg. Ond yr oedd y gaseg wedi mynd yn ôl at ei pherchennog. Na, fe oedd perchennog y gaseg—fe benderfynodd yr hen Sgweier hynny ar ei wely angau. Wedyn dechreuodd feddwl am Ifor y Cwympwr a theimlodd ei waed yn berwi. Ifor y Cwympwr oedd wedi dwyn y gaseg oddi wrtho. Y funud honno ei awydd penna' oedd cael cyfle i gwrdd ag Ifor y Cwympwr unwaith eto yn ei fywyd, er mwyn setlo cownt ag ef am ei weithred y noson honno.

Edrychodd ar y briffordd yn wyn yng ngolau'r lleuad, a chofiodd yn sydyn am Wil Siencyn—Wil a oedd wedi dewis y ffordd fawr er mwyn dial y cam a ddioddefodd oddi ar ddwylo'r Gwŷr Mawr. Yn sydyn unionodd ei ysgwyddau a cherddodd yn ôl i'r dafarn.

Dringodd y grisiau i'w ystafell.

Am amser hir bu'n troi a throsi ar ei wely, ond o'r diwedd, teimlai mor gynhyrfus fel y bu rhaid iddo godi. Wedyn bu'n cerdded yn ôl ac ymlaen ar lawr ei ystafell nes oedd wedi blino. Yna, ychydig cyn toriad dydd, gorweddodd unwaith eto ar ei wely, a chysgodd yn anesmwyth.

*   *   *

Eisteddai Rhys Parry a Huw wrth y bwrdd brecwast.

'Wel, Huw, fe gawn ni ddechrau ar y daith o ddifri bore 'ma. Gysgest ti'n iawn neithiwr?'

'Wel, fe ddihunes i rywbryd yn y nos. Rown i'n clywed sŵn.'

'O? Sŵn beth?'

'Sŵn cerdded yn y stafell wrth ein penne ni.'

'Yn stafell Twm?'

'Wyt ti'n siŵr?'

'Ydw, rwy'n credu 'mod i.'

'Hym. Beth oedd yn 'i gadw fe ar 'i draed neithiwr 'te? Wedi i ti ddweud—mae e'n hwyr yn dod i lawr am 'i frecwast y bore 'ma. Gobeithio na fydd e' ddim yn hir. Wel, rwy' i wedi ca'l digon o frecwast, rwy'n credu'r a' i lan i weld ble mae e'.'

'fich chi am i fi fynd?'

'Na, aros di i orffen dy frecwast. Ac os byddi di wedi gorffen cyn do' i 'nôl, fydd gwell i ti fynd i roi'r ceffyle'n barod.'

Pan aeth Rhys Parry i mewn i stafell Twm gwelodd ef yn gorwedd yn ei ddillad ar y gwely—yn cysgu'n drwm.

'Twm!' meddai.

Neidiodd Twm o'i wely'n wyllt. Gwyddai Rhys Parry ar unwaith oddi wrth yr olwg ar ei wyneb fod rhywbeth o le.

'Mae'r gaseg wedi mynd, Rhys Parry,' meddai Twm cyn i'r porthmon tew gael amser i'w holi.

'Wedi mynd?'

'Ydy, mae wedi mynd neithiwr yn y nos.'

'Mynd i ble?'

''Nôl i Dregaron at Syr Anthony; fe aeth Ifor y Cwympwr â hi o'r stabal.'

'Ond sut y gwydde fe . . .?

'Fe ddwedodd rhyw dincer—Ianto Tincer—oedd wedi bod yn Nhregaron. Mae'n debyg fod Syr Anthony wedi cynnig ugain punt am 'i chael hi 'nôl.'

'Fydd Ifor ddim gyda ni fory felly?'

'Na finne, Rhys Parry.'

Yr oedd golwg ddifrifol ar wyneb Twm, ac yn ei feddwl fe geisiai Rhys ddychmygu sut y byddai hi pe bai Twm ac Ifor yn cwrdd â'i gilydd y funud honno. Ond wedyn sylweddolodd beth oedd Twm wedi 'i ddweud.

'Nawr gwrando, Twm bach,' meddai'n garedig, 'fe wn i fod hyn yn ergyd ofnadw' i ti. Fe wyddwn i mai cythraul parod oedd Ifor, wrth gwrs. Ond Twm, falle fod pethe wedi digwydd o'r gore.

'Roedd y gaseg yn tynnu sylw pawb, ac fe fyddet ti'n siŵr o ddod i'r ddalfa rywbryd. Nawr mae hi wedi mynd 'nôl at 'i pherchennog a dyma tithe'n ddyn rhydd. O fe wn i fod yr hen Sgweier wedi dweud . . . ond pwy all brofi hynny nawr? A phwy fydde'n barod i gredu dy stori di? Nawr fe gei di ddod gyda Huw a finne i Lundain, ac fe gei di gyflog dda gen i am dy waith. Gyda llaw, mae hynna'n f'atgoffa i—dydw i ddim wedi dy dalu di ers misoedd.'

Tynnodd Rhys god o'i boced a thynnodd nifer o sofrens melyn allan i gledr ei law. Gwisgodd Twm ei got a botymodd hi.

'Fedra' i ddim dod gyda chi, Rhys Parry, mae'n ddrwg gen i.'

'Cymer y rhain,' meddai Rhys fel pe bai heb glywed yr hyn a ddywedodd Twm, ac estynnodd iddo bum sofren loyw. Edrychodd Twm arnynt am dipyn.

'Cymer nhw,' siarsiodd Rhys.

Ond nid oedd Twm yn edrych yn awyddus i wneud. Aeth Rhys gam yn nes ato a gwthiodd yr aur i boced ei got. Ni rwystrodd Twm mohono, ac ni ddiolchodd iddo chwaith.

Yn sydyn clywsant sŵn traed yn rhedeg i fyny'r grisiau. Daeth Huw i mewn i'r ystafell â'i lygaid led y pen.

'Wncwl Rhys! Mae dau ddyn—dau gwnstabl—yn edrych am Twm!'

'Beth?' meddai Rhys. Gwenodd Twm yn ddifater.

'fich chi'n gweld, Rhys Parry? Cha' i ddim llonydd i fyw'r bywyd rŷch chi'n 'i gynnig i fi. Does dim ond un ffordd yn agored i fi—y ffordd beryglus.'

Yna clywsant sŵn traed trymion ar y grisiau. Edrychodd Rhys yn wyllt o gwmpas y stafell, ond safodd Twm ar ganol y llawr— yn disgwyl.

Agorodd y drws a daeth dau ddyn cryf mewn dillad duon â botymau arian i mewn.

'P'un ohonoch chi yw Twm Siôn Cati?' gofynnodd y blaenaf a'r talaf o'r ddau.

Bu distawrwydd am funud. Edrychodd Huw ar Twm. Disgynnai cudyn du o wallt dros ei dalcen ac o dan ei aeliau trwchus yr oedd ei lygaid yn disgleirio.

Gwyliai Rhys Parry ef hefyd. Dim ond efe oedd yn adnabod Twm yn iawn. I Huw, Twm oedd y cyfaill direidus a fu'n gwmni iddo ef ar fferm Llethr Mawr. Ond fe wyddai Rhys fod ochr arall i natur Twm, ac ofnai yn ei galon ei fod yn mynd i geisio ymladd â'r ddau gwnstabl.

'Wel?' Yr oedd y cwnstabl yn ddiamynedd.

'Fi yw Twm Siôn Cati,' meddai Twm, heb symud o ganol y llawr.

'O'r gore, rwy'n dy gymryd i'r ddalfa . . .'

'Am beth?' gofynnodd Rhys Parry.

'Mae 'na wybodaeth wedi'i gosod ger ein bron ni 'i fod e'n euog o ddwyn caseg werthfawr oddi wrth ŵr bonheddig o Dregaron, a'i fod e' hefyd yn lleidr pen ffordd.'

'Lleidr pen ffordd!' meddai Rhys yn ffyrnig, 'Mae hynna'n gelwydd noeth! Mae—mae Twm yn gyrru gwartheg gyda fi!'

'Fe gaiff e' gyfle i wadu pan ddaw e' o flaen yr ynadon. Ond pe bawn i yn eich sgidie chi, Mr. Parry, fyddwn i ddim yn ymffrostio fod yna gysylltiad rhyngof fi a'r dyhiryn 'ma.'

'Ond fe wn i'n iawn nad yw e' ddim yn lleidr pen ffordd!' gwaeddodd Rhys gan fynd cyn goched yn ei wyneb a thwrci.

Yr oedd Twm yn gwenu.

'Dyna chi, Rhys Parry, fe fydd rhaid i chi fod yn ofalus â phwy rŷch chi'n cyfeillachu o hyn ymla'n. Mae'n debyg mai'r Tincer ddaeth â'r wybodaeth 'ma i chi?'

Nid atebodd yr un o'r cwnstabliaid.

'Oes 'na dâl am fradychu pobol fel fi?' gofynnodd Twm wedyn.

'Oes,' meddai'r byrraf o'r cwnstabliaid.

'Dal dy dafod!' meddai'r llall gan edrych yn ddig arno. Yna aeth ymlaen at Twm.

'Wyt ti'n dod yn dawel neu nag wyt ti?'

Gwenodd Twm arno, ond ni symudodd yr un cam.

Daliai Rhys Parry ei anadl. Ond pan gydiodd y cwnstabl yn ei fraich, cymerodd Twm ei arwain tua'r drws yn ddigon tawel. 'Gobeithio y cewch chi bris da am y gwartheg yn Llundain, Rhys Parry,' meddai Twm wrth fynd allan drwy'r drws.

Ar ôl iddynt fynd safodd Rhys a Huw yn edrych ar ei gilydd am dipyn.

Aeth y cwnstabl byr i lawr y grisiau yn gyntaf, aeth Twm

wedyn a'r cwnstabl tal yn dilyn. Felly roedd Twm rhwng y ddau yn mynd i lawr o'r llofft.

Daeth Rhys a Huw allan i ben y grisiau i'w gwylio'n mynd i lawr.

Cerddai'r cwnstabl blaenaf yn bwyllog ac yn bwysig—glamp-glamp i lawr y grisiau. Yna gwelodd y ddau ar y landin Twm yn cyrcydu'n sydyn. Cydiodd yn y cwnstabl tal oedd tu ôl iddo a'i daflu dros ei ben. Trawodd hwnnw'r cwnstabl o'i flaen ac aeth y ddau i lawr yn bendramwnwgl i waelod y grisiau. Cyn i'r un ohonynt godi roedd Twm wedi neidio drostynt ac wedi rhedeg fel milgi am ddrws y dafarn.

'Gwarchod pawb!' meddai Rhys Parry gan ddechrau rhedeg i lawr y grisiau. Erbyn iddo gyrraedd y gwaelod yr oedd y ddau gwnstabl wedi cael eu traed danynt unwaith eto.

'Ble'r aeth e'?' gofynnodd y cwnstabl tal yn wyllt.

Ysgydwodd Rhys Parry ei ben.

'Ar 'i ôl e'!' gwaeddodd y cwnstabl.

Rhedodd pawb allan i'r ffordd, ond nid oedd sôn am Twm yn unman.

'Ar 'i ôl e'!' gwaeddodd y cwnstabl eto.

'Ffordd awn ni?' gofynnodd y llall.

Edrychodd y ddau ar ei gilydd mewn penbleth.

Daeth hen wraig â basged ar ei braich heibio i'r tro yn y ffordd. Na, nid oedd hi wedi gweld neb.

Yna daeth Ianto Tincer i'r golwg o rywle.

'Gawsoch chi e'?' gofynnodd.

Gwgodd y cwnstabl tal arno.

'Naddo,' meddai.

'Naddo? Ond pam?'

'Na hidia, fe'i cawn ni e'.'

Rhedodd y ddau gwnstabl i lawr y stryd a throdd y Tincer at Rhys Parry.

'Pam yn y byd y gadawsoch chi iddo ddianc? Wyddoch chi ddim 'i fod e'n ddyn peryglus? fich chi'n meddwl y llwyddan nhw i' ddala fe?'

'Rwy'n ame hynny'n fowr iawn,' meddai Rhys Parry gan wenu.

'Ond . . . dŷch chi ddim yn gweld-w? Os aiff e'n rhydd . . .!'

'Os aiff e'n rhydd fe fydd hi'n beryglus i ti gerdded yr hewlydd,' dywedodd Rhys yn ddifrifol.

'Fi? Fydd e' ddim am wneud niwed i hen dincer bach fel fi?'

'Ti a'i bradychodd e' ontefe?'

Trodd Rhys ar ei sawdl ac aeth yn ôl i'r 'Swan'.

*　　*　　*

Yr oedd hi'n ddeg o'r gloch ar warteg Rhys Parry'n cychwyn o Dalgarth am Loegr wedi'r cyfan. Mynnodd Rhys aros tan hynny er mwyn gweld a oedd y cwnstabliaid yn mynd i ddal Twm. Ond pan ddaeth deg o'r gloch a dim sôn amdano, gwyddai ei fod wedi dianc.

Bu rhaid iddo gael dau yrrwr newydd cyn cychwyn, a chan iddo gael peth trafferth i'w cael ar rybudd mor fyr, yr oedd ganddo esgus da dros oedi yn Nhalgarth.

Yna, am ddeg o'r gloch i'r eiliad cychwynnwyd y daith fawr. Daeth pobl Talgarth i gyd allan i ben y drysau i weld y gwartheg hirgorn yn mynd heibio. Yr oedd hi'n olygfa werth ei gweld. A'r sŵn! Sŵn y gyrwyr yn gweiddi, y gwartheg yn brefu, y cŵn yn cyfarth; ac o dan y cwbl sŵn metelig rhwy bum cant o bedolau newydd o dan draed y gwartheg.

Wrth ymadael â Thalgarth yr oedd y gyr yn aflonydd iawn ac yn barod i wylltio a dianc i'r strydoedd cefn. Ond nid oedd Rhys Parry'n poeni. Yr oedd ef wedi bod yn Llundain ddigon o weithiau i wybod y byddai'r gwartheg yn tawelu'n ddigon buan ar ôl dechrau'r daith. Erbyn cyrraedd y ddinas fawr byddent yn ddigon hawdd i'w trin.

Ond ar y ffordd y bore hwnnw—Rhys ar ei geffyl coch uchel a Huw ar ei ferlyn blewog—nid oedd gan yr un o'r ddau lawer i'w ddweud. Yr oedd y ddau'n meddwl am Twm. Ble'r oedd? Beth oedd yn mynd i ddigwydd iddo?

PENNOD XVII

Eisteddai pedwar bonheddwr ieuanc yn un o stafelloedd mawr cyfforddus Plas y Dolau, yn siarad ac yn smygu eu pibellau hirion.

Yr oedd swper newydd orffen a'r llestri newydd eu clirio, ond arhosai'r gwin ar y bwrdd.

Syr Anthony, y Sgweier oedd un o'r pedwar. Yn ei ymyl eisteddai dau o feibion plas Ffynnon Bedr, sef Robert y 'Tifedd ac Edgar ei frawd. Dyn ifanc o'r enw Syr John Spens oedd y llall, perthynas trwy briodas i fechgyn Ffynnon Bedr. Yr oedd ef ar ymweliad â Chymru o Lundain, ac yn aros rhai dyddiau gyda'i berthnasau yn Llanbedr Pont Steffan. Gallai unrhyw un ddweud ar unwaith mai un o fechgyn y brifddinas oedd Syr John. Gwisgai'n drwsiadus dros ben ac yr oedd y brodwaith wrth ei arddyrnau'n edrych cyn wynned â'r eira. Wyneb tenau, llwyd oedd ganddo, ond gellid ei gyfrif yn ddyn digon golygus oni bai am un peth—yr oedd hen graith cleddyf ar ei foch.

Yr oedd y Fonesig Eluned wedi cilio i'w hystafell ei hunan. Fe'i hesgusododd ei hunan trwy ddweud ei bod yn teimlo'n anhwylus.

Yn awr daeth y forwyn i mewn â'r canhwyllau i oleuo'r ystafell fawr. Ar ôl iddi fynd dywedodd Robert Ffynnon Bedr,

'Wel, Anthony, beth amdani?'

Gwyddai'r Sgweier ifanc yn iawn beth oedd yn ei feddwl, ac aeth i'r cwpwrdd ym mhen pella'r ystafell a thynnodd allan ddau becyn o gardiau.

Yna eisteddodd y pedwar wrth y ford hirgrwn yng nghanol yr ystafell, a dechreuodd y chwarae.

'Pryd y byddwch chi'n troi 'nôl am Lundain, Syr John?' gofynnodd Syr Anthony.

Cymerodd Syr John ei gardiau oddi wrth Robert, cymerodd un cip arnynt, yna dywedodd,

'O tua diwedd y mis yma. Mae'r brifddinas yn dechre bywhau tua diwedd Medi. Wyddoch chi, mae'n gas gen i Lundain yn yr haf. Does 'na neb yno! Mae pawb ŷch chi'n nabod wedi mynd i'r wlad! Mae'r lle mor farw â hoel, yn wir i chi. Ond chadwai neb mohono i o Lundain yn y gaeaf.' Ochneidiodd. 'Dyna biti na fyddai hi'n aea' drwy'r flwyddyn.'

Siaradai'n ferchetaidd, a gwenodd ei wrandawyr.

'Wn i yn y byd sut y gallwch chi ddiodde' byw yn y wlad—yng nghefn gwlad ddylwn i ddweud—yn ystod misoedd y gaea'. Dŷch chi ddim yn teimlo Llundain yn galw arnoch chi?'

Chwarddodd Syr Anthony.

'Gwyn eich byd chi, Syr John, Rwy' i'n teimlo Llundain yn galw, o ydw.'

'Ddylset ti ddim bod wedi cymryd gwraig, Anthony,' meddai Edgar Ffynnon Bedr, 'Oni bai i ti briodi, fe fyddet ti'n rhydd i fynd a dod unrhyw amser.'

'Wel, dwyt ti ddim yn briod, Edgar, a dwyt ti ddim yn mynd i Lundain yn amal iawn,' atebodd Syr Anthony.

'Oni bai fod 'Nhad mor gybyddlyd . . . fe gaet ti weld,' atebodd Edgar gan chwerthin.

'Dyna ti, wyt ti'n gweld, fe fydd rhaid i tithe briodi merch gyfoethog eto, ac yna fe fyddi di mor gaeth ag Anthony 'ma.' meddai Robert.

Cochodd Syr Anthony hyd fôn ei wallt, a bu distawrwydd anesmwyth am dipyn.

Yna cododd Syr John yn foesgar, cydiodd yn y botel oddi ar y bwrdd,

'Rhagor o win, ffrindie,' meddai gan arllwys llond gwydr i bob un.

Dechreuodd Syr Anthony ennill, a chyn bo hir yr oedd ganddo bentwr bychan o sofrens melyn o'i flaen. Dro ar ôl tro yr oedd lwc o'i ochr.

Yna agorodd drws yr ystafell a daeth y forwyn i mewn. Edrychodd Syr Anthony'n ddig arni.

'Beth sy'?' gofynnodd.

'Mae yna rywun wrth y drws am gael gair â chi, syr,' meddai'r forwyn.

'Beth? Fe wyddoch yn iawn na alla' i ddim gweld neb yn awr. Dwedwch wrtho am ddod 'nôl bore fory—nage, prynhawn fory.'

Aeth y forwyn allan heb ddweud dim, ac aeth y boneddigion ymlaen â'r chwarae. Enillodd Syr Anthony gêm arall, ac yr oedd newydd gael llaw dda eto, pan ddaeth y forwyn yn ôl.

Cododd Syr Anthony o'i gadair yn goch yn ei wyneb.

'Beth Andras!' gwaeddodd, 'Pam na chaiff dyn lonydd yn y tŷ 'ma?'

'Mae e'n gwrthod mynd, syr,' meddai'r forwyn mewn llais crynedig.

'Yn gwrthod mynd?' Aeth wyneb Syr Anthony'n fwy coch fyth gan dymer ddrwg.

'Mae e'n dweud 'i fod e' wedi dod â'r gaseg 'nôl, syr.'

'Y gaseg? Y gaseg ddu? Dart?'

'Ie.'

Edrychodd Syr Anthony'n syn ar y tri arall, yna ar y forwyn eto.

'Ydyn nhw wedi ca'l Twm Siôn Cati i'r ddalfa?' gofynnodd yn wyllt.

'Wn i ddim, syr,' atebodd y forwyn.

'Wel, dewch ag e' mewn i ni gael gwbod rhywbeth! Brysiwch!'

Aeth y forwyn allan.

'Wel, wel,' meddai Syr Anthony, 'mae lwc o'm hochor i heno, ac nid yn unig gyda'r cardiau, gyfeillion.'

'Beth yw'r gaseg yma, Syr Anthony?' gofynnodd Syr John, er nad oedd yn swnio fel pe bai ganddo ddiddordeb mawr iawn.

Eglurodd Robert Ffynnon Bedr iddo. Yna agorodd y drws a daeth y forwyn yn ôl ag Ifor y Cwympwr gyda hi.

Yr oedd golwg flinedig, wyllt ar Ifor, a daliai ei fraich dde ar draws ei frest.

'Syr Anthony Prys?' meddai Ifor gan edrych o un i'r llall.

'Fi yw Syr Anthony. Ydy, hi'n wir dy fod di wedi dod â'r gaseg yn 'i hôl?'

'Ydy,' meddai Ifor.

'Wel, ble mae hi?'

'Rwy'n deall fod 'na swm o ugain punt, Syr Anthony . . .?' Nid oedd Ifor wedi colli dim o'i haerllugrwydd.

'Os wyt ti wedi dod â'r gaseg yn ôl yn ddiogel, heb unrhyw nam arni, fe gei di dy ugain punt.'

'Mae'r gaseg yn iawn; fi sy' waetha', Syr Anthony.'

'Beth wyt ti'n feddwl?'

'Rwy' wedi cael trafferth mowr iawn i ddod â hi 'ma. Oes gwahaniaeth 'mod i'n eistedd, syr?'

Pwyntiodd Syr Anthony'n ddiamynedd at gadair wag.

'Mae wedi 'nhaflu i ddwy waith ar y ffordd yma,' meddai Ifor ar ôl eistedd i lawr, 'ac rwy' i wedi gorfod cerdded gyda hi am filltiroedd . . .'

'Ydy Twm Siôn Cati yn y ddalfa?'

Ysgydwodd Ifor ei ben.

'Ond fe wn i ble mae e', Syr Anthony,' meddai.

'A!' meddai Syr Anthony. 'Wel, gad i ni weld y gaseg.'

Edrychodd Ifor yn awgrymog ar y pentwr sofrens ar y bwrdd, ond ni chododd o'i gadair.

Chwarddodd Syr John Spens.

'Mae'r cyfaill yma'n meddwl busnes, Syr Anthony. Does ganddo fe ddim ffydd yng ngair gŵr bonheddig mae'n debyg.'

Aeth Syr Anthony at y bwrdd a chydiodd mewn dyrnaid o sofrens. Fflachiodd llygaid y Cwympwr.

'Wel, dyma dy arian di,' meddai Syr Anthony'n rwgnachlyd, 'yn awr—ble mae'r gaseg?'

Cymerodd Ifor yr arian a dechreuodd eu rhifo. Wedi gweld fod yno ugain sofren, cododd ar ei draed.

'Mae hi tu allan,' meddai.

Cododd Syr John Spens â gwên ar ei wyneb cul, a chan roi ei law ar ei gleddyf dywedodd yn hollol ddidaro,

'Ac mi fydda' inne'n gofalu dy fod di'n cadw dy ochor di o'r fargen, gyfaill.'

Gwgodd Ifor arno, yna aeth am y drws heb ddweud dim.

Aeth y pedwar bonheddwr ar ei ôl.

Wrth fynd trwy'r drws dywedodd Ifor,

'Doedd ugain punt ddim gormod am ddod â'r creadur 'na i Dregaron. Rwy' wedi brifo 'mraich . . .'

Ond nid oedd neb yn gwrando arno.

Cyraeddasant y porth, ac wrth olau'r llusern a oedd ynghrog wrth y to, gwelsant y gaseg. Disgleiriai eu llygaid yn y golau, ac o'r fan lle safent gallent weld ei chot ddu'n sgleinio fel sidan.

'Gwaeddwch ar yr Osler,' meddai Syr Anthony wrth y forwyn.

'Whiw!' meddai Syr John Spens, gan gerdded o gwmpas y gaseg, 'Creadur o waed pur, Syr Anthony. Mae gennych chi gaseg gwerth arian fan hyn.'

'Oes, rwy' i wedi cael cynnig dau can gini amdani.'

'Mae'n werth mwy.'

'Efalle 'i bod hi os nad yw hi wedi ca'l niwed.'

'Mae hi'n edrych yn iawn. Os yw hi ar werth Syr Anthony, fe garwn i gael cyfle 'i phrynu hi.'

'Dwy' i ddim yn meddwl y gwertha' i hi, Syr John.'

'Ond rown i'n meddwl dy fod di wedi trefnu 'i gwerthu hi cyn i Twm Siôn Cati 'i dwyn hi?' meddai Robert Ffynnon Bedr.

'Mae pethau'n wahanol nawr,' atebodd Syr Anthony.

'Wrth gwrs,' meddai Robert, a gwyddai Sgweier ifanc y Dolau ei fod yn cyfeirio'n wawdlyd at ei briodas ef ag Eluned— y briodas a'i gwnaeth hi'n bosibl i stad y Dolau glirio'i ddyledion.

Daeth yr Osler i'r golwg â lamp yn ei law.

'Wel, wel, mae'r hen geiniog ddrwg wedi dod 'nôl rwy'n gweld, Syr Anthony.'

'Ydy, rho hi yn y stabl, Ifan, a rho fwyd o'i blaen hi.'

Cydiodd yr Osler yn y ffrwyn a mynd â hi ymaith. Safai Syr John Spens ar drothwy'r Plas yn ei gwylio'n cerdded ymaith. Arhosodd yno nes gweld golau lamp Ifan yr Osler yn diflannu drwy'r drws ym mhen draw'r buarth.

Yr oedd caseg enwog Plas y Dolau wedi dod adre.

PENNOD XVIII

Ymhell cyn i Ifor y Cwympwr gyrraedd y dafarn yn nhref Tregaron (a mwy o aur yn ei boced nag a fu erioed o'r blaen), yr oedd y pedwar bonheddwr wedi mynd yn ôl at eu cardiau.

Ond, am ryw reswm neu'i gilydd roedd lwc wedi troi yn erbyn Syr Anthony er pan ailgychwynnodd y chwarae, efallai hefyd mai ar y gwin yr oedd y bai.

Yr oedd y pentwr bach o sofrens ar y bwrdd wedi newid ei le—wedi symud o'r fan lle'r eisteddai Syr Anthony, i'r pen arall i'r bwrdd lle'r eisteddai Syr John Spens.

Trawodd y cloc ar y mur dri o'r gloch y bore. Nid oedd Edgar Ffynnon Bedr yn chwarae erbyn hyn; yr oedd ef yn hanner cysgu yn ei gadair.

Erbyn hyn yr oedd arian parod Syr Anthony wedi mynd a chadwai pob un o'r chwaraewyr gyfrif ar bapur. Mor wahanol i'w gilydd oedd y tri wyneb o gwmpas y bwrdd! Edrychai Syr John Spens yn gysglyd ac yn gwbwl ddihidio; yr oedd wyneb Syr Anthony'n goch a braidd yn ofidus, ac ar wyneb Robert Ffynnon Bedr yr oedd gwên fawr. Y wên honno oedd yn gyrru Syr Anthony ymlaen i fetio rhagor o'i arian o hyd.

Cododd Syr John Spens ei law ddelicet at ei geg.

'Dŷch chi ddim yn meddwl ein bod ni wedi chware digon am un noson ffrindie?' gofynnodd.

'Na,' meddai Syr Anthony'n wyllt, 'rydw i am gael cyfle i gael tipyn o 'mhres yn ôl, Syr John.'

Chwarddodd Robert Ffynnon Bedr yn uchel, ac edrychodd Syr Anthony'n wgus arno, ond ni ddywedodd air. Teimlai ei dymer ddrwg yn ei dagu.

'Deliwch y cardie!' meddai. Tra oedd Robert yn rhoi'r cardiau allan eto, myddyliai Syr Anthony am y swm mawr o arian a gollasai'r noson honno. Sut yn y byd yr oedd yn mynd i

128

wynebu ei wraig bore trannoeth? Ond wedi colli cymaint teimlai nad oedd dim i'w wneud ond chwarae ymlaen, gan obeithio y byddai ei lwc yn newid. Yn awr dechreuodd fetio'n wallgof ar gardiau gwael ac aeth pethau o ddrwg i waeth. Agorodd botel arall o win ac yfodd yn drwm ohoni. Rywle tu mewn iddo clywai lais bach yn dweud ei bod hi'n hen bryd rhoi heibio'i ffolineb, ond yr oedd gwên faleisus Robert ac ymddygiad difater Syr John yn ei sbarduno ymlaen o hyd. Aeth amser heibio ac yr oedd Anthony wedi colli cymaint erbyn hyn nes gwneud i Syr John deimlo braidd yn anesmwyth.

Fe geisiodd dynnu sylw Syr Anthony oddi wrth y cardiau.

'fich chi'n siŵr nad yw'r gaseg ddu hardd 'na ddim ar werth?' gofynnodd, 'rwy' i wedi dotio arni,' meddai gan wenu.

Yr oedd Syr Anthony erbyn hyn yn ddrwg iawn ei dymer.

'Na, dyw hi ddim ar werth, Syr John,' atebodd yn swta.

'Pam na werthi di hi?' meddai Robert, 'Rwyt ti'n gwybod yn iawn na elli di ddim mo'i thrin hi.'

Daliodd Syr Anthony heb golli ei dymer yn llwyr.

'O rwy'n siŵr y galla' i 'i thrin hi. Ches i fawr o gyfle tra bu 'Nhad byw. Mae eisie amser i ddod i nabod creadur fel'na.'

'Wnei di ddim â hi, Anthony, yn enwedig nawr wedi iddi fod yn rhedeg yn wyllt gyda'r Twm Siôn Cati 'na.'

'Wel, rwy'n fodlon cymryd siawns arni,' meddai Syr John, 'ac fe gewch chi bris da gen i.'

Dechreuodd Syr Anthony roi'r cardiau allan unwaith eto.

'Na, rwy'n mynd i gymryd amser i' threinio hi i rasio. Wedyn fe fyddwn ni'n dod i Lundain i herio rhai o'ch ceffylau gore chi, Syr John. Fe enillodd 'i mam lawer o weithie . . .'

Chwarddodd Robert eto.

'Fydd gennyt ti ddim amser i dreinio ceffyle cyn bo hir, Anthony. Fe fydd rhaid i ti fagu'r babi, 'machgen i!'

Chwarddodd Syr John gydag ef y tro hwn, ond gan fod Robert newydd ennill llaw arall, nid ymunodd Syr Anthony â hwy.

'Rown i wedi clywed eich bod chi a'r Fonesig Eluned yn disgwyl teulu, Syr Anthony. Wel, gobeithio mai mab fydd e'.'

'Diolch,' meddai Syr Anthony, 'ac yn awr, gawn ni fynd ymlaen â'r gêm.'

* * *

Yr oedd y wawr yn torri cyn i Syr Anthony daflu ei gardiau oddi wrtho a chodi ar ei draed. Fe fu sŵn ei gadair yn cael ei gwthio'n ôl yn ddigon i ddihuno Edgar Ffynnon Bedr.

Edrychodd o'i gwmpas mewn penbleth, yna cofiodd ym mhle'r oedd. Synnodd pan welodd olau'r wawr yn dod i mewn drwy'r ffenest.

'Ydych chi wedi bod yn chware hyd nawr?' meddai'n gysglyd. Nid atebodd neb mohono. Yr oedd y tri'n cyfrif eu henillion a'u dyledion.

Nid oedd Robert wedi colli nac wedi ennill fawr o ddim, ond yr oedd Syr Anthony wedi colli dros bedwar cant a hanner o bunnoedd i Syr John.

'Mae'n ddrwg gen i . . . does gen i ddim arian parod, Syr John,' meddai Syr Anthony gan wrido.

'Mae popeth yn iawn, Syr Anthony, mi fydda' i'n aros yn Ffynnonn Bedr am wythnos arall. Fe fydda' i'n siŵr o'ch gweld chi cyn yr a' i 'nôl i Lundain.'

Yr oedd min ar lais Syr John pan ddywedodd y geiriau olaf, a deallodd Syr Anthony y byddai'n well iddo dalu ei ddyled cyn i Syr John fynd yn ôl neu byddai'r cleddyfwr enwog yma o Lundain yn troi'n gas.

'Pryd bydd brecwast yn barod, Anthony?' gofynnodd Edgar, 'Rwy'n teimlo y gallwn i fwyta eidion.'

'Fe af fi i weld,' meddai Syr Anthony.

Aeth allan o'r ystafell. Cyn gynted ag y caeodd y drws trodd Robert at Syr John.

'Un lwcus wyt ti, John!'

Gwenodd Syr John ei wên gysglyd.

'A! Fe wyddost yr hen ddywediad, Robert . . . lwcus gyda'r cardie—anlwcus gyda'r merched.'

'Dyna pam rwyt ti'n gyfoethog ac yn ddibriod mae'n debyg,' meddai Edgar gan chwerthin.

Daeth Syr Anthony yn ôl gan ddweud y byddai brecwast ryw hanner awr cyn bod yn barod.

'fich chi'n siŵr na charech chi ddim mynd i orwedd tipyn?' gofynnodd.

'Na, fe fydd rhaid i ni 'i chychwyn hi am Lanbed ar ôl brecwast,' meddai Robert.

'Beth am fynd allan am dro i'r awyr iach?' gofynnodd Syr John.

Teimlai pob un o'r lleill fel tipyn o awyr hefyd, wedi bod drwy'r nos yn y stafell fyglyd.

Yr oedd yr adar yn canu pan ddaethant allan i fuarth y Dolau, a gellid clywed ceiliogod ardal Tregaron yn galw ar ei gilydd yn nhawelwch y bore bach.

Yr oedd cur ym mhen Syr Anthony ac nid oedd ganddo ddim diddordeb yn nhawelwch a phrydferthwch y wawr.

'Syr Anthony,' meddai Syr John Spens yn sydyn, 'gawn ni un cip ar y gaseg yng ngolau dydd?'

'Wel . . .'

'Os gwelwch chi'n dda.'

'Wrth gwrs . . . fe gewch 'i gweld hi am ddim, Syr John.'

Aeth y pedwar tua'r stabl. Yr oedd yr Osler wedi codi, ond edrychai'n gysglyd iawn.

'Beth am ddod â hi allan i'r buarth?' gofynnodd Syr John.

Gwnaeth Syr Anthony arwydd ar yr Osler. Rhoddodd hwnnw'r ffrwyn am ei phen ac arweiniodd hi allan drwy'r drws.

Gwyliai Syr John bob symudiad o eiddo'r gaseg dal, ac am unwaith yr oedd ei lygaid cysglyd yn fyw gan ddiddordeb.

'Wyddoch chi, Syr Anthony,' meddai'n dawel, 'fe fyddwn i'n fodlon anghofio'r . . . y . . . faint yw'r swm hefyd? . . . O ie . . . y . . . pedwar cant a hanner yna sy' arnoch chi i . . . pe baech chi'n fodlon i mi gael y gaseg.'

Bu pawb yn ddistaw am ennyd. Yr oedd y cynnig yn un ardderchog. Pedwar cant a hanner o bunnoedd am y gaseg!

Meddyliodd Syr Anthony'n ddwys iawn. Fe fyddai rhoi'r gaseg i Syr John yn setlo popeth. Teimlai fel ei gicio'i hun am fynd i gymaint o ddyled mewn un noson. Ond yr oedd chwarae cardiau yn ei waed er pan fu'n llanc ifanc yn y Brifddinas. Ond yr oedd rhyw styfnigrwydd yn gwrthod gadael iddo roi'r gaseg i Syr John.

'Gwell i ti dderbyn y cynnig, Anthony,' meddai Edgar, 'mae e'n gynnig da.'

Ysgydwodd Syr Anthony ei ben.

'Ydy,' meddai Robert, 'yn enwedig gan 'i bod hi mor anodd 'i thrin. Chei di ddim cynnig fel'na 'to.'

'Dwy' i ddim yn mynd i ymadael â hi,' meddai Syr Anthony.

Cerddai'r Osler y gaseg o gwmpas y buarth. Edrychai hithau'n urddasol iawn â'i phen i fyny a'i gwddf yn gam fel bwa.

'Fe ddweda' i beth wnawn ni,' meddai Syr John, 'mae gen i syniad arall. Nawr rwy' wedi clywed hanes y gaseg, ac mae Robert wedi dweud na fedrwch chi ddim 'i marchogaeth hi, Syr Anthony. Nawr ynte—rŷch chi'n hoffi mentro'ch lwc ar y cardie—ac rwy' am roi cyfle i chi fentro'ch lwc unwaith 'to. Dyma 'nghynnig i. Os gellwch chi ddangos i ni eich bod chi'n medru trin y gaseg, trwy 'i marchogaeth hi am ddeng munud— fe anghofiwn ni am y mater bach yna o bedwar cant a hanner o bunnoedd sy'n aros rhyngon ni. Ond os na ellwch chi aros ar gefn y gaseg am ddeng munud yna fe fydd y gaseg yn eiddo i mi am bedwar cant a hanner o bunnoedd. Beth ŷch chi'n ddweud?'

Dechreuodd Anthony anadlu'n gyflym. Yr oedd hwn yn gynnig gwerth ei ystyried. Nid oedd ef yn debyg o golli dim beth bynnag. Hyd yn oed petai'n methu â marchogaeth y gaseg am ddeng munud, byddai'r ddyled o bedwar cant a hanner wedi 'i thalu. Ond os llwyddai i gadw'i sedd am ddeng munud, yna byddai'r ddyled wedi 'i thalu, a byddai'r gaseg yn eiddo iddo ef o hyd.

Oedd, yr oedd y cynnig yn un da. Ond daliai rhywbeth ef yn ôl rhag ei dderbyn serch hynny.

Yna chwarddodd Robert Ffynnon Bedr, ac fel arfer fe gafodd hynny effaith ar Syr Anthony. Cochodd, yna troes at Syr John.

'Mae eich cynnig yn un teg, Syr John. Rwy'n derbyn y telerau.'

Gwenodd Syr John yn gysglyd. Gamblwr hyd flaenau ei fysedd oedd ef, ac yr oedd y sefyllfa yma wrth ei fodd.

'Rho gyfrwy ar y gaseg!' gwaeddodd Syr Anthony ar yr Osler.

'Peidiwch â gwneud dim cyn brecwast,' protestiodd Edgar.

'Ie, wel, os ŷch chi'n cytuno, Syr Anthony, ar ôl brecwast amdani,' meddai Syr John.

PENNOD XIX

Safai'r gaseg ddu wedi ei chyfrwyo ar ganol clos y Dolau. Yr oedd Syr Anthony wedi newid ei ddillad erbyn hyn. Yn awr gwisgai sbardunau, a chariai chwip fer yn ei law.

Gadawodd y tri arall wrth borth y Plas a cherddodd tuag at y gaseg. Teimlai'n ddigon siŵr ei fod yn mynd i farchogaeth y gaseg. Onid oedd wedi gwneud hynny o'r blaen?

Ond teimlai'n nerfus iawn serch hynny. Yr oedd y ffaith fod y tri arall yno'n ei wylio yn gwneud ei waith yn fwy anodd.

Aeth yn syth at ben y gaseg a chydiodd yn y ffrwyn. Aeth cryndod trwy ei chorff i gyd a thaflodd ei phen i'r awyr, ond ni symudodd gam.

Gwyliai Syr John y cyfan â'i lygaid yn gil-agored. Ni allai neb feddwl wrth ei wylio fod cymaint yn dibynnu ar yr hyn a wnâi'r gaseg yn ystod y deng munud nesaf.

Rhoddodd Syr Anthony ei droed yn y warthol. Safai'r gaseg fel pe bai wedi ei cherfio o faen.

Yr eiliad nesaf neidiodd Syr Anthony i'r cyfrwy. Ni ddigwyddodd dim. Safodd y gaseg yn hollol lonydd. Ond gallai Syr Anthony deimlo'r cryndod yn ei chorff a gwyddai fod rhaid iddo fod ar ei wyliadwriaeth.

Tynnodd yn ysgafn ar y ffrwyn. Aeth y gaseg yn ei blaen ar draws y clos gan gerdded fel brenhines. Teimlodd Anthony ei galon yn codi. Yr oedd popeth yn mynd i fod yn ddiffwdan wedi'r cyfan.

Cerddodd o gwmpas y buarth yr ail dro ac yr oedd wedi dechrau'r trydydd tro pan wnaeth Syr Anthony ei gamgymeriad mawr. Teimlai ei bod hi'n bryd dangos i'r tri oedd yn gwylio nad *cerdded* y gaseg yn unig a oedd yn bosib iddo.

Gwasgodd ei sbardunau i'w hystlysau. Nid oedd neb erioed wedi defnyddio sbardun ar Dart o'r blaen. Rhoddodd un naid ymlaen a rhuthro am y lôn oedd yn arwain o'r Plas i'r briffordd. Digwyddodd y peth mor sydyn nes ysgwyd Syr Anthony o'i sedd.

Cyn cyrraedd y lôn yr oedd wedi cwympo. Pe bai wedi cwympo i'r llawr ar unwaith ni fyddai pethau cynddrwg. Ond cydiodd ei droed dde yn y warthol a chafodd ei lusgo ar hyd y lôn galed â'i ben i lawr.

Rhedodd y tri oedd yn gwylio i ben y lôn i weld y gaseg yn pellhau oddi wrthynt. Gallent weld pen Syr Anthony'n taro'r llawr gyda phob naid a roddai'r gaseg.

Stopiodd y gaseg ar ôl cyrraedd y briffordd, ond pan ddaeth Syr John a Robert ac Edgar ati, yr oedd troed Syr Anthony'n rhwym wrth y warthol o hyd. Gorweddai ei ysgwyddau ar y ffordd galed ac yr oedd ei lygaid led y pen ar agor.

Edrychent tua'r dwyrain lle'r oedd yr haul newydd godi, ond ni allai Syr Anthony ei weld. Gorweddai'n berffaith lonydd a dafn o waed yn treiglo o'i enau i lawr dros ei ên.

'Mae e' . . . mae e' wedi marw! Ydy! Mae e' wedi marw!' meddai Edgar yn syn.

'Mae'r gaseg ddu wedi 'i ladd e'!' dywedodd Robert.

'Do,' meddai Syr John, 'welaist ti ddim sawl gwaith y trawodd e' 'i ben wrth ddod i lawr y lôn?'

Cydiodd Edgar a Robert yng nghorff Syr Anthony a'i gario yn ôl tua'r Plas. Sylwodd Edgar, a oedd yn cydio yn ei goesau, ar y dafn o waed ar ei sbardun.

Deuai Syr John tu ôl iddynt, a'r gaseg gydag ef.

Aethant i mewn i neuadd fawr y Plas, a phwy ddaeth i'w cwrdd ond y Fonesig Eluned. Gwelwodd ei hwyneb hardd pan welodd fod rhywbeth wedi digwydd. Daeth ymlaen atynt ac edrychodd unwaith ar wyneb ei gŵr. Yna llewygodd.

*   *   *

Aeth y newydd am farwolaeth y Sgweier ifanc fel tân gwyllt trwy Dregaron. Yn y tai, yn y tafarnau, yn yr Efail—dyna oedd

135

y siarad rhwng pob dau. Ni chafodd pobl y dref y manylion i gyd ar unwaith. Bob yn dipyn y daeth yr hanes fod y gaseg ddu wedi dod yn ôl i'r Plas, ac yr oedd hi'n brynhawn cyn i bobl Tregaron ddeall mai hi oedd yn gyfrifol am farwolaeth sydyn y Sgweier.

Wedyn daeth y newydd fod y Fonesig Eluned yn sâl iawn, a bod y doctor bach gyda hi drwy'r amser.

Yr oedd yr Efail yn llawnach nag arfer y diwrnod hwnnw. Ni theimlai neb fod colli'r Sgweier ifanc yn golled annioddefol, fel yr oedd marwolaeth ei dad. Nid oedd gan neb o denantiaid y Plas lawer o le i ddiolch i Syr Anthony am ddim. Yn ystod y flwyddyn fer y bu'n Sgweier y Plas nid oedd wedi gwneud dim i helpu'r ffermwyr ar ei stad; yn wir yr oedd wedi codi'r rhenti'n ddidrugaredd arnynt! Yr oedd y Fonesig Eluned, ar y llaw arall, wedi dod yn boblogaidd iawn gan bawb trwy ei charedigrwydd a'i pharodrwydd bob amser i helpu'r rhai oedd yn dlawd neu yn afiach yn ardal Tregaron. Felly yr oedd y newydd ei bod hi'n bur wael yn achos mwy o dristwch yn yr Efail y diwrnod hwnnw, hyd yn oed na marwolaeth ei gŵr.

Ond er nad oedd gan yr un o'r ffermwyr yn yr Efail achos i garu'r diweddar Syr Anthony, eto i gyd nid oedd neb yn hoffi meddwl am y Dolau heb Sgweier.

Cofiodd un o'r rhai hynaf fod tad-cu'r hen Sgweier wedi cwrdd â'i ddiwedd yn yr un modd â Syr Anthony; fe gafodd hwnnw hefyd ei daflu gan geffyl wrth hela.

'Ceffylau yw'r cwbwl gan bobol y Plas erioed,' meddai'r Gof, 'a does dim rhyfedd fod ambell un ohonyn nhw'n colli'i fywyd wrth farchogeth oes e?'

'Rhaid bod y ddamwain wedi digwydd yn lled fore,' meddai un o'r ffermwyr, 'waeth roedd y newydd wedi dod i'n tŷ ni cyn deg o'r gloch. Peth od fod y Sgweier ifanc ma's mor fore.'

Yna cerddodd nai'r Tyrchwr i mewn i'r Efail. Edrychodd o gwmpas yr Efail.

'Rŷch chi wedi clywed am y Sgweier, gwlei?' gofynnodd.

'Do. Nawr roedden ni'n siarad am y peth,' meddai'r Gof.

'Pam roedd e'n mentro ar gefen y creadur 'na? Roedd hi wedi 'i dowlu fe o'r bla'n.'

'Am ba greadur wyt ti'n sôn?' gofynnodd y Gof.

'Ond y gaseg ddu, bachan, y gaseg ddu dowlodd y Sgweier. Rwyt ti'n cofio'r gaseg ddu, bachan?'

'Ond dyw honno ddim . . .'

'Fe ddaeth rhywun â hi 'nôl neithiwr.'

Daliodd y Gof ei anadl. 'Twm? Ydy Twm Siôn Cati wedi'i ddala?'

'Wn i ddim—chlywes i ddim sôn am Twm.'

*   *   *

Bore trannoeth fe gafodd pobol Tregaron newydd arall. Yn oriau mân y bore fe aned baban i'r Fonesig Eluned Prys. Martha, yr hen forwyn, a oedd wedi gweld geni Syr Anthony, oedd y cyntaf i'w godi yn ei breichiau. Wrth ei wasgu at ei mynwes rhedai'r dagrau dros ei hen fochau rhychiog. Y funud honno meddyliai am y mynd a'r dod yn hanes teulu'r Dolau. Cofiai am farwolaeth yr hen Syr Harri a meddyliodd am gorff Syr Anthony'n gorwedd yn ystafell orau'r Plas. Ac yn awr dyma'r etifedd newydd yn ei breichiau, yn crio 'i chalon hi!

PENNOD XX

Wedi dianc o ddwylo'r cwnstabliaid yn Nhalgarth crwydrodd Twm Siôn Cati o le i le. Daeth i hen dref Aberhonddu ac aeth trwyddi dan gysgod nos, rhag ofn fod y cwnstabliaid yno hefyd yn edrych amdano.

Cysgodd y noson honno mewn tas wair. Trannoeth cyrhaeddodd bentre bach prydferth Defynnog. Yr oedd y ffermwyr i gyd wrth y cynhaeaf ŷd yr amser hwnnw o'r flwyddyn, a chodai rhai law arno wrth ei weld yn mynd heibio.

Nid oedd ganddo syniad i ble roedd e'n mynd, yr unig beth a wyddai oedd fod rhaid iddo *symud* o hyd.

Aeth wythnos heibio ac erbyn hyn fe wyddai Twm ble'r oedd yn mynd, a pham. Yr oedd yn chwilio am Ifor y Cwympwr.

Yn rhywle, rywbryd, dim ond iddo ddal ymlaen i grwydro o fan i fan, byddai'n siŵr o gwrdd â'r Cwympwr. Dim ond un peth arall oedd yn blino Twm—fe garai wybod beth oedd wedi digwydd i'r gaseg.

Unwaith neu ddwy fe geisiodd wthio Ifor y Cwympwr allan o'i feddwl. Cymerodd waith ar fferm unig yn ymyl Defynnog dros y cynhaeaf, ac am dipyn bu'r gwaith caled yn help iddo anghofio.

Ond pan ddaeth y cynhaeaf i ben dechreuodd grwydro unwaith eto.

Meddyliodd unwaith yr âi'n ôl i Ferthyr Cynog at Ruth Parry. Ond ni wnaeth. Yn lle hynny aeth ymlaen tua Llanwrtyd.

Yr oedd hi'n hydref erbyn hyn a'r nosau'n dechrau oeri, a phan gyrhaeddodd Lanwrtyd aeth i dafarn yr Eidion Du yno am swper a chwsg dros nos.

Ar ôl swper aeth allan i gerdded y dref cyn iddi dywyllu'n llwyr. Nid oedd fawr o neb o gwmpas y strydoedd, ac yr oedd Twm ar fin troi 'nôl pan ddaeth at dafarn yn ymyl y farchnad.

Llifai'r golau allan drwy'r ffenest fawr oedd yn wynebu'r stryd. Am ryw reswm safodd Twm i edrych i mewn drwy'r ffenest.

A dyna lle'r oedd e', â'i het ar ei wegil, yn sefyll ar ganol y llawr. Yn ei law yr oedd mesur chwart o ddiod. Nid oedd posib camgymryd Ifor y Cwympwr am neb arall. Adnabu Twm yr ysgwyddau mawr ar unwaith.

Curodd ei galon yn gyflymach.

Yr oedd Ifor wrth ei fodd, yn sôn am ei anturiaethau yn Llundain gyda'r gwartheg. Eisteddai rhyw hanner dwsin o fechgyn Llanwrtyd ar y meinciau o gwmpas y gegin, yn gwrando arno.

Yr oeddent yn well gwrandawyr am fod gan Ifor arian i dalu am ddiod.

Gan fod ei gefn at y drws ni welodd Twm yn dod i mewn.

'. . . Wel, roedd yr eidion wedi gwylltio, ac fe ddechreuodd redeg trwy farchnad Smithfield. Fe ddechreuodd pob un redeg am 'i fywyd, ond fe sefais i o'i fla'n e' . . .'

Disgynnodd llaw ar ei ysgwydd.

Trodd y Cwympwr ei ben ac edrychodd i wyneb Twm Siôn Cati.

Am un eiliad hir safodd y ddau yn wynebu ei gilydd heb ddweud yr un gair.

Yna fel fflach trawodd Twm y Cwympwr o dan ei ên.

Yr oedd hi'n ergyd digon caled i lorio dyn cyffredin. Ond nid dyn cyffredin mo'r Cwympwr. Aeth yn ôl lwyr ei gefn am dipyn a thrawodd ei ysgwydd yn erbyn y mur. Yn y fan honno fe safodd gan ysgwyd ei ben ddwy neu dair gwaith. Rhoddodd ei law ar ei ên ac edrychodd ar Twm.

'Wel, wel! Wyddoch chi pwy yw hwn ffrindie? Dyma Twm Siôn Cati, neu falle mai Twm Siôn Lleidir ddylwn i ddweud. Dyma'r bachgen ddygodd gaseg oddi ar ŵr bonheddig yn Nhregaron. Beth wnawn ni ag e', ffrindie?'

Aeth murmur o gwmpas y gegin. Daeth y tafarnwr o'r cefn.

'Beth sy'n mynd ymla'n 'ma? Cofiwch, alla' i ddim diodde' cweryla yn y dafarn 'ma.'

Ni chymerodd y Cwympwr unrhyw sylw o'r tafarnwr.

'Ac mae 'na sôn, ffrindie, 'i fod e'n lleidr pen ffordd,' meddai.

Safai Twm ar ganol y llawr â'i lygaid ar y Cwympwr.

'Beth wnawn ni ag e', ffrindie?' gofynnodd Ifor wedyn.

'Ewch i mofyn y cwnstabl,' meddai rhywun.

Gwenodd Ifor.

'Ie, eitha' reit. Ond fe fydd rhaid i chi aros nes bydda' i wedi gorffen ag e'n gynta', ffrindie—o bydd!'

Gyda'r gair symudodd y Cwympwr oddi wrth y mur a daeth yn nes at Twm.

Aeth y tafarnwr ymlaen ato i geisio'i rwystro, ond gwthiodd Ifor ef o'r neilltu fel pe bai'n blentyn bach.

Yna cododd ei ddyrnau a daeth at Twm â'i ben i lawr. Teimlai Twm yn gynhyrfus ond yn hapus. Cyn gynted ag y daeth Ifor o fewn cyrraedd trawodd Twm ef unwaith eto'n gyflym yn ei drwyn.

Er nad oedd yn ddyrnod galed bu'n ddigon i dynnu gwaed o drwyn y Cwympwr.

Stopiodd Ifor ar gannol y llawr a thynnodd ei law dros ei wefus. Yna gwelodd y gwaed, ac fe wnaeth hynny iddo golli pob rheswm. Rhuthrodd at Twm gan geisio gafael ynddo â'i freichiau mawr. Methodd Twm â chilio o'i ffordd mewn pryd.

Teimlodd y ddwy fraich yn tynhau am ei gorff a theimlodd anadl boeth y Cwympwr ar ei wyneb. Gwyddai na allai ei ryddhau ei hun, ac nid oedd dim amdani ond tynhau pob gewyn yn ei gorff i wrthsefyll cryfder y Cwympwr. Gwasgodd hwnnw'n dynnach a theimlodd Twm ei anadl yn gadael ei gorff. Yr oedd niwl o flaen ei lygaid fel yr ysgydwai Ifor ef yn ôl ac ymlaen ar hyd y llawr.

Pe bai Ifor wedi dal ei afael am ychydig eiliadau'n rhagor byddai wedi ennill y frwydr. Ond nid oedd ganddo unrhyw ffordd o wybod faint o effaith yr oedd ei nerth yn ei gael ar Twm. Yn sydyn, yn ddiamynedd, hyrddiodd Twm oddi wrtho gan feddwl rhoi ergyd iddo.

Syrthiodd Twm i'r llawr gan mor sydyn y rhyddhawyd ef. Ond mewn winc yr oedd ar ei draed eto. Yn awr penderfynodd fod yn fwy gwyliadwrus. Pe câi'r Cwympwr afael ynddo unwaith eto byddai ar ben. Rhuthrodd Ifor ato ond ni chafodd Twm drafferth i'w osgoi. Neidiodd ymlaen a tharo'r Cwympwr ddwywaith, yna neidiodd o'i afael.

Dechreuodd Ifor chwythu. Roedd wedi yfed gormod o gwrw i fedru rhedeg o gwmpas yn hir iawn. Ond daliodd ati serch hynny. Dilynodd Twm o gwmpas y stafell, ond bob tro y deuai o fewn cyrraedd trawai Twm ef, yna ciliai o'r ffordd.

'Beth yw'r rhedeg sy' arnat ti?' gwaeddodd y Cwympwr, 'Aros i ymladd!'

Nid oedd yn disgwyl y byddai Twm yn ufuddhau ond dyna a ddigwyddodd. Safodd Twm yn sydyn ar ganol y llawr a thrawodd ef â'i holl nerth yn ei stumog. Clywodd y Cwympwr yn rhochian fel mochyn, ond yr eiliad nesaf cafodd yntau ei hun ddyrnod ar ochr ei ben. Syrthiodd Twm i'r llawr gan nerth yr ergyd ofnadwy. Cariwyd y Cwympwr ymlaen gan ei nerth ei hun a baglodd yng nghorff Twm a chwympodd yntau hefyd i'r llawr.

Twm oedd ar ei draed yn gyntaf. Gwelodd Ifor yn codi'n anystwyth, ond cyn iddo gael ei draed tano'n iawn rhoddodd Twm ddyrnod arall iddo. Syrthiodd Ifor y tro hwn ar draws un o gadeiriau'r dafarn a thorrodd honno'n yfflon dan ei bwysau.

Cododd gŵr y dafarn ei ddwylo at ei ben, ond nid oedd yn ddigon dewr i geisio rhwystro'r frwydr. Yn lle hynny rhuthrodd allan o'r ystafell fel pe bai'n methu â dioddef gweld rhagor o'i gadeiriau'n cael eu torri.

Fe wyddai Twm erbyn hyn ei fod yn cael y gorau ar Ifor. Edrychai hwnnw'n syn arno yn awr, fel pe bai'n methu'n lân â deall sut yn y byd yr oedd hi'n bosibl fod neb yn gallu ei wrthsefyll ef mewn brwydr.

Cododd ar ei draed â choes y gadair yn ei law. Cynddeiriogodd Twm pan welodd hyn. Cofiodd yn sydyn am y rhywbeth trwm hwnnw a ddisgynnodd ar ei ben yn stabl y 'Swan' y noson y diflannodd y gaseg. Neidiodd at y Cwympwr

141

a'i daro drachefn a thrachefn cyn i hwnnw gael cyfle i ddef-nyddio'r darn pren. Syrthiodd Ifor yn swp i'r llawr a gollyngodd ei afael yng nghoes y gadair. Yr oedd wedi cael digon.

Y funud honno daeth y tafarnwr i mewn a'r cwnstabl gydag ef.

Edrychodd Twm ar y ddau, ac yr oedd y fath olwg ar ei wyneb nes codi ofn arnynt.

Wedyn edrychodd Twm o gwmpas y stafell a dywedodd,

'Mewn hanner munud mi fydda' i'n mynd allan drwy'r drws 'na, ac os oes unrhyw un ohonoch chi'n mynd i'm rhwystro i, fe fydd hi'n ddrwg arno.'

Edrychodd yn syth i lygad y cwnstabl wrth ddweud hyn, a gwelwodd hwnnw.

Aeth Twm am y drws lwyr ei gefn gan gadw llygad ar bob un yn y stafell. Ni symudodd neb. Edrychodd y tafarnwr ar y cwnstabl, ond yr oedd hi'n amlwg nad oedd hwnnw'n mynd i wneud dim. Cyrhaeddodd Twm y drws.

'Peidiwch â dod ar fy ôl i os ŷch chi'n gall,' meddai, a diflannodd drwy'r drws.

'Pam na fu'set ti wedi'i gymryd e' i'r ddalfa?' meddai'r tafarnwr wrth y cwnstabl ar ôl i'r drws gau.

Edrychodd y cwnstabl ar Ifor y Cwympwr yn gorwedd ar y llawr.

'Os methodd hwn wneud dim ag e', dŷch chi ddim yn disgw'l i fi 'i ddal e' ŷch chi?'

'Ond dyna dy waith di!' meddai'r tafarnwr.

Cododd Ifor o'r llawr yn sigledig.

'Cwrw!' meddai wrth y tafarnwr. Yr oedd ei wefusau'n dew ar ôl yr ergydion a gafodd yn y frwydr.

Yn awr edrychai'r lleill arno'n wawdlyd.

'Roedd y Twm Siôn Cati 'na'n waeth na'r eidion 'na yn Smithfield oeddet ti'n sôn amdano,' meddai un ohonynt.

Ni ddywedodd y Cwympwr yr un gair.

Ni chafodd y cwnstabl lonydd gan y dynion yn y dafarn chwaith.

'Wyt ti ddim yn mynd i adael i'r lleidr pen ffordd 'na ddianc fel'na wyt ti?' gofynnodd un ohonynt, 'Mae'n dod i rywbeth, myn brain i, fod un o gwnstabliaid y dre 'ma . . .'

'Ond beth alla' i wneud w? Mae'n dywyll, ac mae 'i goese fe'n hir. Allwn ni wneud dim heno.'

'Rwy'n cynnig ein bod ni'n mynd ar 'i ôl e',' meddai ffermwr yn y gornel a oedd wedi cael gormod i'w yfed.

'Ond sut y gwyddon ni pa ffordd yr aeth e'?' gofynnodd y cwnstabl.

Edrychodd Ifor y Cwympwr arno'n feddylgar.

'Tregaron!' meddai. 'Hidiwn i ddim betio pum punt mai 'nôl i Dregaron yr aiff e' cyn bo hir.'

'Pam rwyt ti'n meddwl hynny?' gofynnodd y cwnstabl.

'Yn Nhregaron mae 'i gartre fe, a fan'ny mae'r gaseg.'

'Pa gaseg?' Yna bu rhaid i Ifor adrodd hanes y gaseg wrth y cwmni.

'Rwyt ti'n debyg o fod yn iawn,' meddai'r cwnstabl ar ôl iddo orffen, 'mae'n debyg mai i Dregaron yr aiff e'. Beth bynnag, mae'n werth i ni gymryd mantais o'r wybodaeth 'ma.'

'Beth wyt ti'n mynd i'w wneud?' gofynnodd y tafarnwr.

'Rwy'n mynd i ofyn i'r ynadon am ganiatâd i fynd i Dregaron bore fory.'

PENNOD XXI

Roedd y Cwympwr wedi dyfalu'n iawn. Teimlai Twm ei hun yn cael ei dynnu ar ei waethaf yn ôl i Dregaron. Gwyddai ei bod yn beryglus iddo fentro'n agos i'r lle, ond ni allai beidio â mynd serch hynny.

Wedi'r hyn a ddigwyddodd yn y dafarn yn Llanwrtyd, nid aeth yn ôl i'r Eidion Du, lle'r oedd wedi bwriadu treulio'r nos. Penderfynodd gerdded cyn belled ag y medrai cyn toriad dydd. Meddyliai'n siŵr y byddai'r cwnstabliaid ar ei ôl yn fuan iawn, a phenderfynodd osgoi'r ffyrdd. Dros y mynydd o Lanwrtyd yr oedd dyffryn Tywi, ac o deithio ar draws gwlad wedyn deuai i ddyffryn Teifi, ac yn nyffryn Teifi yr oedd Tregaron. Penderfynodd mai dros y mynydd yr âi.

Pan ddaeth toriad dydd yr oedd Twm yn sefyll ar y tir uchel yn edrych i lawr i ddyffryn Tywi.

Cododd yr haul a gwyddai ei bod yn mynd i fod yn ddiwrnod braf. Edrychodd o gwmpas yn ofalus. O'r fan honno gallai weld ymhell iawn. Yna gorweddodd yn y grug a'r rhedyn a chysgodd yn drwm.

Pan ddihunodd yr oedd yr haul yn cilio tua'r gorllewin. Teimlai'n newynog ac yn sychedig iawn.

Gan nad oedd dim i'w wneud ynghylch ei newyn, bodlonodd ar yfed dŵr o'r afon a chychwynnodd ar ei daith ar draws gwlad.

Cerddodd yn frysiog am dair awr.

Yr oedd hi'n nos eto erbyn hyn, ond gallai Twm weld goleuadau Tregaron yn y pellter yn ei arwain ymlaen.

Daeth allan i'r ffordd o'r diwedd ac aeth heibio i ddau neu dri o fythynnod gwyngalchog.

Yna yr oedd yn Nhregaron, a theimlodd ei galon yn curo'n gyflymach.

Daeth at yr Efail. Yr oedd golau gwan yn dod drwy'r ffenest fach fawlyd. Aeth Twm yn nes. Tu mewn gallai weld y Gof yn trin darn o haearn ar ei eingion. Nid oedd neb arall yn yr Efail.

Agorodd Twm y drws yn ddistaw bach ac aeth i mewn.

Ni sylwodd y Gof arno o gwbl. Aeth Twm yn nes, a chododd Guto'i ben.

'Twm!' Gollyngodd y morthwyl bach o'i law. 'Twm!'

'Wel, Guto, mae'r mab afradlon wedi dod adre.' Aeth Twm ymlaen a chydio'n dynn yn llaw gorniog y Gof.

Eisteddodd Twm yn flinedig ar y fainc.

'Rhaid i ti beidio aros, Twm,' oedd geiriau cynta'r Gof.

'Pam? Be' sy'?'

'Maen nhw ar dy ôl di.'

'Pwy?'

'Rwyt ti'n gwbod yn iawn. Mae 'na ddou gwnstabl dierth wedi cyrraedd prynhawn 'ma o rywle. Fe fu rhywun yn yr Efail 'ma gynnau yn dweud 'u bod nhw'n edrych amdanat ti ym mhobman. Wyt ti wedi gneud rhyw ddrwg nawr 'to?'

'Na, dim byd newydd am wn i.'

'Rwyt ti'n gwbod fod y gaseg wedi dod 'nôl gwlei?'

'Ydw,' meddai Twm.

'Ac fe glywest am y trychineb?'

'Pa drychineb? Chlywais i ddim gair.'

'Fe glywaist am Syr Anthony?'

'Naddo, be' sy' wedi digwydd?'

'Mae e' wedi marw ac wedi'i gladdu, Twm bach.'

'Beth! Fuodd e'n wael yn hir, 'te?'

'Fuodd e' ddim yn wael o gwbwl, Twm. Cael 'i daflu gan y gaseg . . . ac fe ddaliodd 'i droed e' yn y warthol, ac fe gafodd 'i lusgo. Roedd e'n farw pan gyrhaeddon nhw ato. Ac fe gafodd y 'Tifedd bach 'i eni bore trannoeth . . . mae pethe rhyfedd yn digwydd yn yr hen fyd 'ma.'

Cododd Twm ar ei draed. Ni allai gredu ei glustiau.

'Ble mae'r gaseg nawr 'te?'

'Mae hi yn y Plas o hyd. Mae 'na lawer yn synnu na fu'se hi, ledi'r Plas, yn cael gwared ohoni ar ôl i'r fath beth ddigwydd. Ond rwy'n deall fod 'na ryw ŵr bonheddig o Lundain—perthynas i deulu Ffynnon Bedr—am 'i phrynu hi . . . ond gwrando, Twm bach, rhaid i ti beidio aros fan hyn i glebran; rhaid i ti fynd ar unwaith.'

Pwysai Twm yn erbyn y wal; teimlai'n rhy gynhyrfus i ddweud dim.

Edrychodd y Gof yn graff arno a gwelodd ei fod yn edrych yn welw ac yn flinedig.

'Pryd ce'st ti fwyd ddiwetha'?'

'Neithiwr yn Llanwrtyd.'

'Dwyt ti ddim wedi cerdded o Lanwrtyd i Dregaron heb fwyd o gwbwl?'

'Dim ond dail surion bach a dŵr o afon Tywi.'

'Tyrd i'r tŷ at Marged; chei di ddim mynd odd'ma â chylla gwag beth bynnag.'

'Ond mi fyddwch chi'n torri'r gyfraith . . . wrth dderbyn dyn fel fi i mewn i'r tŷ.'

'Wyt ti am fwyd neu nag wyt ti?' meddai'r Gof, ac arweiniodd y ffordd i'r tŷ.

Yn y tŷ ni fu Marged, gwraig y Gof, yn hir yn rhoi bwyd ar y ford. Wrth osod y llestri edrychai'n fanwl ar Twm.

'Mae e'n mynd yn fwy tebyg i'w fam bob dydd, Guto,' meddai.

Roedd Marged y Gof bob amser yn ceisio dyfalu i bwy yr oedd pawb yn debyg.

'Pe bydde fe'n debyg i'w fam,' meddai'r Gof, 'fydde fe ddim yn mynd i drwbwl fel hyn o hyd,' atebodd y Gof.

'Roeddech chi yn yr Efail yn hwyr heno, Guto,' meddai Twm.

'Oeddwn. Faint yw hi nawr? Naw o'r gloch. Rown i'n gweithio 'mla'n heno—roedd gen i rywbeth eisie'i orffen. Fydda' i ddim yn gweithio prynhawn fory; mae Wat Aberdeuddwr wedi marw, ac mi fydda' i'n mynd i'r angladd.'

'Mae'n ddrwg gen i glywed am Wat.'

'Do, fe fuodd farw mor ddiniwed ag y buodd e' byw—fe fu

146

farw'n dawel bach ar y sgiw wrth y tân. Druan o'r hen Wat, roedd e' yn yr Efail gyda fi pan garlamest ti heibio ar gefn y gaseg ddu. Ond mae'r hen Wat wedi mynd—ti yw'r broblem nawr, Twm. Rwy'n awgrymu dy fod di'n gorffwys 'ma nawr am ryw deirawr. Wedyn fe fydd gwell i ti fynd, a theithio drwy'r nos.'

'Guto,' meddai Marged, 'rhaid iddo gysgu 'ma heno.'

'Os ydy e'n mynd i gysgu 'ma heno, Marged, fe fydd rhaid iddo adael Tregaron yng ngolau dydd. Cofia, mae'n debyg mai 'ma byddan nhw'n dod peth cynta' bore fory i edrych amdanat ti.'

Yr oedd Twm ar hanner hebrwng cwlff mawr o gig mochyn i'w geg pan glywodd sŵn traed ysgafn tu allan i'r drws.

'Mae 'na rywun yn dod!' meddai'n wyllt.

'Chlywais i ddim byd,' meddai'r Gof.

Yna daeth cnoc ar y drws.

Safodd y tri yn edrych ar ei gilydd yn syn.

Cododd Twm ar ei draed a throdd i wynebu'r drws.

'Maen nhw 'ma, Twm!' meddai'r Gof dan ei anadl, 'Yr arswyd y byd, down i ddim yn 'u disgwl nhw cyn y bore.'

'Mae'n ddrwg gen i 'mod i wedi dod â'r trwbwl 'ma arnoch chi. Mi af fi ar unwaith,' meddai Twm.

'Na,' meddai Marged. 'Rhaid i ni 'i guddio fe, Guto!'

Daeth cnoc arall ar y drws.

'Oes, rhaid i ni dy guddio di yn rhywle,' meddai'r Gof gan edrych o gwmpas yn wyllt.

'Rhaid i ni wneud rhywbeth ar unwaith!' meddai wedyn.

'Ond Guto . . .' meddai Twm.

'Y gwely!' sibrydodd Marged.

Yng nghornel yr ystafell yr oedd hen wely 'ffôr-poster' mawr â llenni o'i gwmpas i gyd.

'Ie,' meddai'r Gof, 'mewn â thi i'r gwely.'

Yn ddiseremoni gwthiodd Twm i mewn tu ôl i lenni'r gwely mawr.

'Marged, ewch i ateb y drws.'

Aeth Marged at y drws ac eisteddodd y Gof ar y sgiw gan geisio edrych yn gysglyd.

'Pwy sy' 'na?' gofynnodd Marged a'i llais yn crynu, ar ôl iddi gil-agor y drws. Edrychodd allan ond ni allai weld neb.

'Ga' i ddod i mewn am funud, os gwelwch chi'n dda?'

Llais merch!

'Gwarchod pawb! Pwy sy' 'ma? Dewch i mewn i'r golau i ni gael eich gweld chi.'

Yna gwelodd Marged wyneb hardd y Fonesig Eluned Prys!

'O dier! Wyddwn i ddim. Meddyliwch amdana' i yn eich cadw chi i aros ar ben y drws fanna! Dewch mewn; dewch ymla'n, mei ledi. Guto, symud bachan! Wyt ti ddim yn gweld pwy sy' wedi galw?'

Cerddodd gwraig fonheddig y Plas i mewn i'r gegin. Cododd y Gof ar ei draed a chododd ei law at ei gap, ond wedyn sylweddolodd nad oedd ganddo gap.

'Eisteddwch fan hyn o flaen y tân. Mae'n oer ma's 'na heno 'to. Doedden ni ddim yn disgw'l neb heno . . .'

Eisteddodd hithau ar yr hen sgiw dderw fawr a gwenodd arno.

'Maddeuwch i fi am ddisgyn ar eich pennau chi fel hyn mor sydyn. Ond rown i'n meddwl y gallech chi roi tipyn o help . . .'

'Unrhyw beth, mei ledi,' meddai Marged gan fowio. Nid oedd wedi bod yn forwyn yn y Plas heb wybod sut i ymddwyn o flaen y 'byddigion'.

'Beth allwn ni 'i wneud?' gofynnodd y Gof.

'Wel, fe fu dau gwnstabl yn y Plas y prynhawn 'ma yn holi ynglŷn â Twm Siôn Cati. Maen nhw wedi clywed 'i fod e' ar 'i ffordd i Dregaron, ac maen nhw'n bwriadu 'i gymryd e' i'r ddalfa am ddwyn y gaseg. Roedden nhw wedi meddwl 'i gyhuddo fe o fod yn lleidr pen ffordd hefyd, ond mae'n debyg 'u bod nhw'n methu profi hynny.'

'Allwn i feddwl hynny wir,' meddai'r Gof, 'mae pwy bynnag sy'n dweud fod Twm yn lleidr pen ffordd yn gwneud cam ag e'.'

Daeth hanner gwên dros wyneb gwraig y Plas.

'Mae'n dda gen i'ch clywed chi'n dweud hynny, Guto,' meddai.

Trwy grac yn llenni trwchus y gwely gallai Twm weld a

chlywed y cyfan. Gallai weld wyneb gwraig ifanc y Plas o'r fan lle gorweddai.

Edrychai'n harddach nag erioed er bod ei hwyneb yn wynnach na phan welodd Twm hi o'r blaen.

Ond roedd hi'n siarad eto.

'Rwy' i wedi dod 'ma i geisio'i helpu e'. Rwy' i wedi dod atoch chi am 'mod i'n gwybod eich bod chi wedi'i helpu fe o'r blaen.'

Edrychodd y Gof yn syn.

'O! Ond sut y gallwn *ni* 'i helpu fe nawr?'

'Rown i'n meddwl—os daw Twm i Dregaron—falle mai atoch chi y daw e' gynta'. Wel, os daw e' 'ma cyn i'r cwnstabliaid gael gafael ynddo fe . . .'

'Rŷch chi wedi dod 'ma i'w rybuddio fe?' gofynnodd y Gof.

'Na, nid hynny'n hollol . . . rown i am 'i weld e'—am siarad ag e'.'

'O?' Gwingodd y Gof. Beth pe gwyddai hi fod y gwalch yn cuddio tu ôl i lenni'r gwely yn clywed y cwbwl?

'Rown i am ddweud wrtho fe 'mod i'n gwybod nad *dwyn* y gaseg wnaeth e'.'

'Nid 'i dwyn hi! Ond . . .'

'Rwy'n gwybod erbyn hyn fod ganddo hawl i fynd â hi.'

'Dydw i ddim yn deall . . .' meddai'r Gof mewn penbleth.

'Ar ôl i Syr Anthony farw y dwedodd Martha'r forwyn wrtha i. Roedd Syr Harri wedi dweud ar 'i wely angau mai Twm oedd i gael y gaseg. Fe ddwedodd hynny yng nghlyw Martha a'r Doctor. Chymerodd y Doctor ddim llawer o sylw ar y pryd, ond roedd e'n cofio pan ofynnes i iddo fe.'

'Gwarchod pawb! Wel . . . y . . . wel . . . does dim eisie i Twm ofni'r cwnstabliaid wedyn 'te, oes e?' meddai'r Gof yn ddryslyd.

'Dyna pam rwy' i wedi dod 'ma heno. Rwy' am iddo gael gwybod nad oes dim eisie iddo redeg rhagor; fe all ddangos 'i wyneb ble mynno fe. Rown i'n ofni y bydde fe'n cilio o Dregaron ar ôl clywed fod y cwnstabliaid 'ma, a falle'n mynd i grwydro'r wlad heb wybod 'i fod e'n ddyn rhydd.'

'Wel yn wir!' meddai'r Gof. 'Ond roedd gen i ffydd ynddo fe! Fe ddwedes i, ond do fe, Marged, nad oedd dim drwg ynddo fe?'

Yn sydyn cododd o'r sgiw a chamu at y gwely.

Tynnodd y llenni, a dyna lle'r oedd Twm ar ei benliniau ar ben y gwely.

'O!' meddai'r Fonesig Eluned, gan godi ei llaw at ei gwddf.

'Rhaid i chi faddau i ni, mei ledi,' meddai Marged, 'roedden ni wedi meddwl mai'r cwnstabliaid oedd 'no pan ddaethoch chi at y drws. Doedden ni ddim wedi meddwl gwneud twyll â chi.'

Daeth Twm i lawr o ben y gwely a safodd yn swil ar ganol y llawr. Edrychodd y Fonesig Eluned drosto i gyd â hanner gwên fach ar ei hwyneb wrth weld ei swildod.

'Mae'n debyg eich bod chi wedi clywed popeth?' meddai o'r diwedd.

'Do,' meddai Twm, 'diolch i chi am ddod . . . am drafferthu . . .'

'Rown i am i chi wybod. Mae'r gaseg yn stabl y Dolau . . . fe ellwch chi ddod i' mofyn hi . . .'

'Na!' meddai Twm.

'Ond chi sy' piau hi, Twm!' meddai hithau.

'Na, caseg y Dolau yw hi.'

'Ond fe ddwedodd Syr Harri . . .'

'Roedd pethe'n wahanol bryd hynny. Roedd perygl y bydde hi'n ca'l 'i gwerthu . . .' Stopiodd yn sydyn a chochodd.

'Ond fedra' i ddim cadw'r gaseg. Beth wna' i â hi?'

''I chadw hi yn stablau'r Dolau. Dyna fyddai dymuniad Syr Harri.'

Meddyliodd y Fonesig Eluned am funud gan edrych ar Twm â'r hanner gwên fach honno'n chwarae o gwmpas ei gwefusau.

'Wel,' meddai, 'rwy'n fodlon iddi aros yn stablau'r Dolau ar un amod.'

'Beth yw hwnnw?'

'Eich bod chi'n aros yn Nhregaron i ofalu ar 'i hôl hi. Mae hynny'n ddigon teg, rwy'n meddwl.'

'Ond dwy' i ddim yn byw yn Nhregaron nawr.'

Gwenodd y Fonesig Eluned gan ddangos ei dannedd gwynion.

'Sut carech chi a'ch mam ddod 'nôl i fyw i Fryn Glas?'

'Ond mae rhywun arall yn byw ym Mryn Glas!'

'Oes, Wil Tomos a Megan, ond maen nhw'n edrych am fwy o le. Fe fuodd y ddau yn y Plas ddoe yn holi ynghylch Aberdeuddwr—mae'r hen Wat wedi marw. Ac rwy' i wedi addo'r lle iddyn nhw.'

Ni allai Twm ddweud dim. Mynd yn ôl i Fryn Glas? Dod â'i fam yn ôl i'w hen gartref?

'Rwy' am i chi ddod i'r Plas fory erbyn naw o'r gloch i gwrdd â'r cwnstabliaid. Rwy' i wedi addo iddyn nhw y cân nhw glywed tystiolaeth Martha a'r Doctor bryd hynny. Wedyn fe gân nhw fynd adre.'

*   *   *

Trannoeth aeth Twm i mewn unwaith eto i stablau'r Dolau. Yr oedd y cwnstabliaid wedi mynd ers hanner awr.

Aeth at stal y gaseg ym mhen draw'r stabl. Tynnodd y cyfrwy oddi ar y mur a throdd y gaseg ei phen i edrych arno.

'Rown i'n meddwl na welwn i byth mohont ti 'to,' meddai Twm, wrth roi'r cyfrwy arni.

Arweiniodd hi allan i'r buarth a neidiodd yn ysgafn ar ei chefn.

Cyn bo hir yr oedden nhw'n mynd trwy'r bwlch ym mhen draw'r buarth tua'r ddôl eang tu cefn i'r Plas.

Ar ôl iddyn nhw fynd daeth y Fonesig Eluned allan o'r Plas i edrych ar eu hôl. Erbyn hyn yr oedd y gaseg, â Twm ar ei chefn, wedi rhedeg ar draws y ddôl hyd at y clawdd.

Gwelodd gwraig ifanc y Plas y gaseg yn mynd dros y clawdd fel gwennol ac yn diflannu yr ochr draw.

Yna clywodd sŵn crio yn dod trwy un o ffenestri agored y Plas. Yr oedd yr Etifedd bach wedi dihuno.

Gwenodd yn dawel wrthi'i hunan ac aeth yn ôl i'r tŷ.

NEATH PORT TALBOT LIBRARY
AND INFORMATION SERVICES

1		25		49		73	
2		26		50		74	
3		27		51		75	
4		28		52		76	
5		29		53		77	
6		30		54		78	
7		31		55		79	
8		32		56		80	
9		33		57		81	
10		34		58		82	
11		35		59		83	
12		36		60		84	
13		37		61		85	
14		38		62		86	
15		39		63		87	
16		40		64		88	
17		41		65		89	
18		42		66		90	
19		43		67		91	
20		44		68		92	
21		45		69		COMMUNITY SERVICES	
22		46		70			
23		47		71		NPT/111	
24		48		72			